AF600938

1913 (Mai 19)

CATALOGUE

DES LIVRES DE LA

BIBLIOTHÈQUE

DE

M. L. DE MONTGERMONT

LIVRES D'ORNEMENT ET DE DÉCORATION.
OUVRAGES DE TOPOGRAPHIE. VUES DE DIVERS PAYS.
FÊTES. CÉRÉMONIES OFFICIELLES.
ESTAMPES HISTORIQUES.
COSTUMES CIVILS ET MILITAIRES.
CRIS DE PARIS ET DE L'ÉTRANGER.
ŒUVRES D'ARTISTES DU XVIe AU XVIIIe SIÈCLE.
RECUEILS DE LITHOGRAPHIES DU XIXe SIÈCLE.

PARIS
LIBRAIRIE DAMASCÈNE MORGAND
ÉDOUARD RAHIR SUCCESSEUR
LIBRAIRE DE LA SOCIÉTÉ DES BIBLIOPHILES FRANÇOIS
55, Passage des Panoramas, 55.
1913

LILLE
IMPRIMERIE L. DANEL.

CATALOGUE

DES LIVRES

DE LA BIBLIOTHÈQUE

DE M. L. DE MONTGERMONT

LA VENTE AURA LIEU

Le Lundi 19 Mai 1913 et les deux jours suivants.

A DEUX HEURES PRÉCISES

HOTEL DES COMMISSAIRES-PRISEURS

RUE DROUOT, 9

SALLE N° 7 AU PREMIER

Par le ministère de Me ANDRÉ DESVOUGES, commissaire-priseur
successeur de Me MAURICE DELESTRE

RUE DE LA GRANGE-BATELIÈRE, 26

Assisté de M. ED. RAHIR, libraire,

PASSAGE DES PANORAMAS, 55

Exposition particulière du 13 au 16 Mai 1913
chez le libraire chargé de la vente.

CONDITIONS DE LA VENTE

La vente se fera au comptant.

Les acquéreurs paieront 10 p. 100 en sus du prix d'adjudication.

Les livres devront être collationnés dans les vingt-quatre heures de l'adjudication. Passé ce délai, ils ne seront repris pour aucune cause.

M. RAHIR remplira les commissions des personnes qui ne pourraient assister à la vente.

CATALOGUE

DES LIVRES DE LA

BIBLIOTHÈQUE

DE

M. L. DE MONTGERMONT

LIVRES D'ORNEMENT ET DE DÉCORATION.
OUVRAGES DE TOPOGRAPHIE. VUES DE DIVERS PAYS.
FÊTES. CÉRÉMONIES OFFICIELLES.
ESTAMPES HISTORIQUES.
COSTUMES CIVILS ET MILITAIRES.
CRIS DE PARIS ET DE L'ÉTRANGER.
ŒUVRES D'ARTISTES DU XVIe AU XVIIIe SIÈCLE.
RECUEILS DE LITHOGRAPHIES DU XIXe SIÈCLE.

PARIS
LIBRAIRIE DAMASCÈNE MORGAND
ÉDOUARD RAHIR SUCCESSEUR
LIBRAIRE DE LA SOCIÉTÉ DES BIBLIOPHILES FRANÇOIS
55, Passage des Panoramas, 55.
1913

Cette sixième vente de livres provenant de la bibliothèque de M. L. de Montgermont, comprend plusieurs séries d'ouvrages de nature différente, mais appartenant tous au domaine artistique. Ce sont, ou des recueils d'estampes, ou des ouvrages dans lesquels le texte offre un intérêt souvent secondaire.

La première série de 51 numéros comprend les *Livres d'ornement et de décoration.* On y trouve les ouvrages dignes de figurer dans la bibliothèque d'un homme de goût, recueils de décorations intérieures, modèles de meubles, de bronzes, de bijoux, etc., par Du Cerceau, Woeiriot, René Boyvin, Boulle, Lepautre, Berain, Daniel Marot, Meissonnier, Cuvilliès, Oppenord, Boucher fils, Forty, Cauvet, Germain, Lalonde, Percier et Fontaine, etc.

La seconde partie (n°s 52-97) est consacrée aux ouvrages sur la *Topographie,* les Vues de Villes et de Monuments, surtout français, les principaux ouvrages étant la *Topographie* de Claude Chastillon, les *Excellents bastiments de France* de Du Cerceau, exemplaire de De Thou, les recueils de Israël Silvestre et de Perelle, le *Recueil des maisons royales* de Rigaud, les séries de planches imprimées en couleur de Janinet et des Campion et un certain nombre des beaux ouvrages publiés sur Paris au dix-neuvième siècle, par *Girtin, Nattes, Sauvan,* pour finir par une importante collection des eaux-fortes de *Méryon* sur Paris.

En dehors des vues de France, signalons les beaux recueils de *Janinet*, de *Descourtis* et de *Wetzel* sur la Suisse.

Dans la troisième partie (n°s 98-129), se trouvent rassemblés les plus beaux livres publiés en France, de *Fêtes, Entrées, Cérémonies officielles* depuis 1531, date de l'Entrée de la Reine Éléonore à Paris dont la relation fut élégamment publiée par *Geofroy Tory*, jusqu'au *Sacre de Charles X* en 1825, en y comprenant les *Entrées* de Henri II à Lyon, à Paris et à Rouen, le curieux volume des Fêtes de l'entrevue de Bayonne, en 1566, l'*Entrée de Charles IX à Paris*, le *Ballet comique de la Royne* de 1582, l'*Entrée de Henri IV à Rouen*, les relations des fêtes de Versailles de 1664 et 1668, le *Sacre de Louis XV* et les beaux recueils des fêtes données par Louis XV à Paris, en 1739, 1745 et 1747, à Strasbourg en 1744, au Hâvre en 1749 et à Versailles, exemplaires somptueusement reliés.

Le Sacre de S. M. l'empereur Napoléon, est ici en superbe exemplaire dans la reliure du temps, et on y remarque un précieux volume des *Fêtes du couronnement de Napoléon et de Joséphine*, avec les planches coloriées à l'époque.

Deux beaux recueils d'estampes historiques complètent cette série, l'un est la collection des planches de *Tortorel et de Périssin*, sur les guerres de religion ; l'autre est une réunion de planches rarissimes sur l'*Entrée de Henri IV à Paris*, la *Mort de Henri IV*, le *Sacre* et le *Couronnement du roi Louis XIII*.

Les Costumes en tous genres, costumes civils, costumes populaires (Cris) ; costumes de théâtre, costumes militaires comprennent 72 ouvrages qui forment la 4e série (n°s 130 à 201). Le choix en a été fait avec soin et à côté de précieux recueils des XVIe et XVIIe siècles, par *Jost Amman, Bertellius, Boissart, Franco, Saint-Igny*, on y voit une des plus importantes collections de costumes publiés par

Bonnart et *Saint-Jean*, les belles *Suites d'Estampes du Costume* de *Moreau* et de *Freudeberg*, avec le texte si rare des 3 parties, la Grande *Galerie des Modes et Costumes* de *Desrais* et *Watteau fils*, le *Cabinet des Modes*, les *Modes et Manières du jour* de *Debucourt*, les costumes de *Carle Vernet* et de *Debucourt*, etc.

Les séries d'estampes de costumes publiées au dix-neuvième siècle ont été bien choisies et nous devons particulièrement attirer l'attention sur un précieux recueil de dessins de *Lanté* et *Pécheux* (n° 152), représentant les *Costumes des femmes de Normandie*, dessins connus par la gravure de *Gatine*.

Une curieuse annexe à la série des *Costumes* est celle constituée par les albums des *Cris de la rue*, par *Bosse*, *Bouchardon*, *Brebiette*, *Joly*, *Poisson* et *Watteau fils*. A cette série est jointe la précieuse collection des *Cris de Londres* par *Wheatley*.

Dans les *Costumes de théâtre*, signalons les *Costumes et Annales des Théâtres de Paris*, de Le Vacher de Charnois et dans les *Costumes militaires*, les ouvrages de *Montigny* et de *Martinet*.

Les deux dernières séries, se composent exclusivement d'albums d'estampes de peintres et de graveurs, la première (nos 202-248), renfermant des recueils précieux de gravures de *Dürer*, *Abraham Bosse*, *Coypel* et l'*Œuvre de Watteau* publié par M. de Julienne et aussi les œuvres de quelques artistes anglais : *Lawrence*, *Morland*, *Reynolds* et *Türner* (*Liber studiorum*). La seconde (nos 249-464), est surtout composée des œuvres des artistes du dix-neuvième siècle, on y trouve les plus belles séries de lithographies de *Daumier*, *Devéria*, *Gavarni*, *Lami*, *Monnier*, *Raffet*, etc., etc.

ORDRE DES VACATIONS

Lundi 19 mai.

	Numéros
Œuvres des Artistes du XIXe siècle..............	353—464
Œuvres des Artistes des XVIe, XVIIe et XVIIIe siècles	202—248

Mardi 20 mai.

Œuvres des Artistes du XIXe siècle..............	313—352
Cérémonies officielles. Fêtes. Entrées............	98—129
Costumes divers. Cris de Paris, etc...............	130—201

Mercredi 21 mai.

Œuvres des Artistes du XIXe siècle..............	249—312
Livres d'Ornement et de Décoration..............	1— 51
Ouvrages de Topographie. Vues de villes et de monuments......................................	52— 97

CATALOGUE

DES LIVRES

DE LA BIBLIOTHÈQUE

DE M. L. DE MONTGERMONT

I. — LIVRES D'ORNEMENT ET DE DÉCORATION.

1. BERAIN (Jean). ORNEMENS inventez par J. Bérain. *Et se vendent (à Paris), chez Monsieur Thuret, aux Galeries du Louvre, s. d.* (1663-1710), in-fol., pl., mar. rouge, dos orné, double enc. de dent. avec coins ornés et milieux, tr. dor. (*Rel. anc.*)

Très bel exemplaire, de ce splendide recueil d'ornements, le plus propre à fournir des modèles de décoration de l'époque Louis XIV. Nombreux modèles de tapisseries dites *Bérinades*, panneaux, meubles, bronzes, etc.

Il contient 131 planches, quelques-unes à plusieurs sujets, y compris le beau portrait de Bérain par *Duflos*.

La plupart des exemplaires ne contiennent que 110 à 120 pl., et il est très difficile de rencontrer cet ouvrage avec un aussi grand nombre de planches.

Riche reliure hollandaise du commencement du dix-huitième siècle. Très rare dans cet état.

2. — Ornemens de Peinture et Sculpture, qui sont dans la Galerie d'Apollon, au Chasteau du Louvre, et dans le grand Appartement du Roy, au Palais des Tuileries Dessinez et gravez par les Srs Berain, Chauveau et le Moine. *S. l. n. d.* (1710), in-fol., mar. rouge, double rangée de fil., tr. dor. (*Rel. anc.*)

Suite complète de 29 belles planches, représentant les trumeaux et plafonds de la Galerie d'Apollon ainsi que les portes, dessus de portes et lambris du grand Appartement des Tuileries.

Bel exemplaire aux armes et chiffre du roi Louis XIV.

3. BERAIN (Jean). Ornemens peints dans les Appartements des Tuilleries dessinez et gravez par Berain. *Paris, N. Langlois, s. d.* (*vers* 1700), in-4 obl., mar. rouge jans., tr. dor. (*Chambolle-Duru.*)

Charmante suite, une des plus belles et des plus rares de l'artiste ; elle comprend 19 morceaux de gravure tirés sur 15 feuilles.

Ces figures ne se retrouvent pas dans le recueil des Œuvres de *Berain* publié dans le format in-fol.

Bel exemplaire avec de grandes marges.

4. BOUCHER fils (Fr.). LIVRE DE MEUBLES, gaines, tables, commodes, petites chiffonnières, secrétaires, consoles, cheminées... feux, bras, guéridons, chandeliers, pommes de canne, étuis de poche, etc., par François Boucher fils. *Paris, Le Père et Avaulez, s. d.* (*vers* 1780), 2 vol. in-fol., mar. rouge, dos orné, fil., tr. dor. (*Chambolle-Duru.*)

Recueil très important pour l'histoire des meubles et des objets d'art de style Louis XVI.

L'ouvrage se compose de 390 planches.

Bel exemplaire, bien complet et grand de marges.

5. BOULLE (Charles). Nouveaux Deisseins de Meubles et Ouvrages de bronze et de marqueterie inventés et gravés par André Charles Boulle. *S. l. n. d.* (*Paris, Mariette, vers* 1700), pet. in-fol. obl., mar. vert jans.

Suite complète de 8 estampes représentant des meubles, pendules, chenets, écritoires, coffres, bureaux, torchères, tables, lustres, etc. Chaque planche porte plusieurs sujets.

Belles épreuves avec grandes marges.

De la collection de Guyot de Villeneuve.

6. BOYVIN (René). Orfèvrerie de René Boyvin. *S. l. n. d.* (*vers* 1575), pet. in-fol. oblong, mar. bleu foncé jans., tr. dor. (*Pagnant.*)

Suite complète de 9 estampes gravées sur cuivre au seizième siècle par *René Boyvin*. Ces estampes représentent des nécessaires, des salières, coupes, drageoirs, buires, brasiers, etc., ensemble 18 objets d'une décoration des plus riches et des plus variées.

Belles épreuves remargées à châssis.

7. BRY (Jean-Théodore et Jean-Israël de). Nova Alphati effictio Historiis ad singulas literas correspondentibus, et

toreumate Bryanæo artificiose in æs incisis illustrata. Versibus in super Latinis et Rithmis Germanicis non omnino inconditis. *Fr. ad Mo*[e] (*Francofurti ad Mœnum*), 1595, in-4, fig., mar. rouge jans., tr. dor. (*Chambolle-Duru.*)

Titre, 2 ff. lim. et 24 ff. d'alphabet.

Très bel alphabet, formé de grandes lettres très ornées, avec personnages, fleurs, fruits, animaux, etc., gravé sur cuivre par les *De Bry*. Beau titre encadré.

Les 27 ff. sont soutenus chacun sur une feuille de papier blanc de plus grande dimension.

8\. CAUVET (G. P.). Recueil d'ornemens à l'usage des jeunes artistes qui se destinent à la décoration des bâtiments, dédié à Monsieur, par G. P. Cauvet, Sculpteur de S. A. R. *A Paris, chez l'auteur,* 1777, in-fol., mar. rouge, dos orné, fil., tr. dor. (*Chambolle-Duru.*)

Recueil d'estampes représentant de nombreux motifs d'ornements, panneaux, portes, frises, vases, etc., du temps Louis XVI.

Exemplaire composé du titre gravé, du frontispice avec portrait du comte de Provence, d'une dédicace gravée, de 62 pl. avec 109 motifs d'ornements, gravées par *Miger*, *Le Roy*, *M*[lle] *Liottier*, etc., tirées en noir et en sanguine, et d'un feuillet imprimé de privilège.

9\. COLLAERT (Hans). Monilium bullarum inauriumque artificiocissimæ icones. Joannis Collaert opus postremum. — Bullarum inaurium, etc. Archetypi artificiosi. (*Antverpiæ*), *P. Gallus exc.*, 1581-1582, 2 parties en un vol. in-4, mar. rouge jans., tr. dor. (*Chambolle-Duru.*)

Ces deux suites de *Collaert*, qui se complètent, comprennent ensemble 20 planches représentant des bijoux pendeloques, richement ornés ; on y trouve la représentation des plus beaux joyaux du XVIe siècle. Le titre de la 2e partie indique comme graveur le fils de *Collaert*.

Belles épreuves.

10\. — Suite de vingt estampes, Pendeloques et Pendants d'oreilles, agrafes, etc. *Antverpiæ, apud Joannem Liefrinck,* (1582), in-8, mar. rouge jans., tr. dor. (*Trautz-Bauzonnet.*)

Suite différente de la précédente et beaucoup plus rare. Les morceaux d'orfèvrerie sont généralement décorés à l'aide d'arabesques et de grotesques exécutés en noir sur fond blanc.

11. CUVILLIÉS (Fr. de). ŒUVRE DE FRANÇOIS DE CUVILLIÉS, Conseiller et Architecte de S. M. Impérialle. *Munich, chez l'auteur, s. d.* (1745-1771), 2 vol. in-fol., mar. rouge, dos orné, fil., tr. dor. (*Chambolle-Duru.*)

Superbe exemplaire de cet œuvre intéressant et important pour l'histoire de l'art au dix-huitième siècle. Cuvilliès fut un des créateurs du style rocaille.

Ces deux volumes renferment 255 planches, ainsi réparties : *Recueils d'ornements*, 19 cahiers *A* à *L* (Morceaux de Caprice, Panneaux, Dessins différents, Livre de serrurerie, etc.) ; *N* à *V* (Caprices, Portes-Cochères, Lambris, Plafonds, etc.) soit 106 pl. ; — 7 cahiers de la plus grande rareté portant les numéros 22 à 28, dessins de lambris et de décorations formant 43 pl. — 2 cahiers de serrurerie n°s 29 et 30 et un cahier de Desseins d'autel 4 pl., soit 16 pl. ; — et 90 planches d'architecture.

Les planches de ce recueil ont été gravées par *Lespilliez* et *Roesch*.

Très rare aussi complet et en aussi bel état. L'un des deux volumes est *non rogné*.

12. DELAFOSSE (J.-Ch.). ŒUVRE DE DÉCORATION ET D'ORNEMENTATION de J.-Ch. Delafosse. *Paris, Fr. Chereau et Daumont*, 1771 (-1775), 3 vol. pet. in-fol., mar. rouge, dos orné, fil., tr. dor. (*Chambolle-Duru.*)

Précieux recueil des différentes parties de l'œuvre de ce maître ornemaniste, comprenant 382 planches.

1° Nouvelle Iconologie historique. *Paris, Chéreau*, 1771, 2 vol. avec 248 planches divisées en 42 cahiers plus 3 pl. de *Projet de Prison*. Le deuxième volume (*Suite de l'Iconologie*) contenant les planches relatives à la sculpture, à l'orfèvrerie et à la décoration, est extrêmement rare.

Superbe exemplaire de PREMIER TIRAGE, sur PAPIER FORT, avec les feuillets de texte gravés.

2° (Recueil de Meubles de différents genres. Canapés, Fauteuils, Lits, Cheminées, Buffets, Poëles, etc.). *Paris, Daumont*, (*vers* 1775), un vol. contenant 134 planches divisées en 33 cahiers. Ce recueil, qui est complet, n'est pas entièrement l'œuvre de *Delafosse*, quelques cahiers sont de *Martinet*, *Poulleau*, *Le Canu*, *De Puisieux* et *De Lorme*.

Ensemble 2 titres et 385 planches en parfait état.

13. DESMARETS (Armand). Livre de touttes sortes de Chiffres par alphabets redoublés dessignés par Armand Desmarets, s[r] de St-Sorlin. *Paris, Florentin Lambert*, 1664, in-8, pl., veau. (*Rel. anc.*)

Très rare recueil de chiffres gravés en taille-douce.

Titre gravé, 1 f. ; *extrait du privilège du Roy* du 21 avril 1664, 1 f.

gravé ; 48 pl. non numérotées de grands chiffres et 52 pl. numérotées (sauf les deux dernières) de chiffres entrelacés classés alphabétiquement.

Bel exemplaire bien complet de la PREMIÈRE ÉDITION.

14. DU CERCEAU (J.-A.). DE ARCHITECTURA, Jacobi Androuetii du Cerceau, Opus. *Lutetiæ Parisiorum (e typ. Bened. Prevotii)*, 1559, in-fol., pl., mar. rouge jans., tr. dor. (*Chambolle-Duru.*)

PREMIÈRE ÉDITION de cet ouvrage orné de 69 planches gravées à l'eau-forte par *Du Cerceau.*

Le même volume renferme : De Architectura J. A. du Cerceau opus alterum. *Parisiis, ex off. And. Wecheli*, 15[illegible]1, in-fol., pl.

Ce second volume qui co[illegible]prend 62 planches, est un des ouvrages les plus importants pour l'histoi[illegible] ornementale et décorative du XVI[e] siècle. On y trouve des modèles de portes, fe[illegible]êtres, cheminées, puits, tombeaux, etc., qui doivent être considérés comme les meilleures productions du célèbre architecte orléanais. PREMIÈRE ÉDITION.

15. — [LIVRE DE GROTESQUES gravés par J. A. Du Cerceau]. *Aureliæ*, 1550, in-4, mar. bleu, dent. à froid, tabis, tr. dor. (*Bozérian.*)

Cette suite est une des plus char[illegible]antes productions de *Du Cerceau.* Bien que l'artiste se soit beaucoup inspiré des maîtres italiens, *Nicoletto de Modène, Luini, E. Vico*, etc., ses compositions ont été si spirituellement dessinées et gravées, que cette série de 50 planches compte parmi les meilleures œuvres de la Renaissance française.

Exemplaire complet de la PREMIÈRE ÉDITION, avec les planches à toutes marg[illegible] en trè[illegible] belles épreuves.

Des collections de W. BECKFORD, H. DESTAILLEUR et GUYOT DE VILLENEUVE.

16. — [LIVRE DE GROTESQUES, gravés par J. A. Du Cerceau]. *Lutetiæ, anno* 1562, pet. in-4, mar. rouge jans., tr. dor. (*Chambolle-Duru.*)

Nouvelle édition comprenant un Avis au lecteur dans un rectangle et 60 pl., copies de celles de l'édition qui précède, en sens inverse. Onze planch[illegible] sont nouvelles.

Bel exemplaire contenant toutes les planches d'ancien tirage, avec [illegible]randes marges. Le titre est remonté.

17. — [RECUEIL DES MEUBLES, TERMES, etc., dessinés et gravés par J. Androuet Du Cerceau]. *S. l. n. d.*

(*vers* 1580), in-4, veau granité, dos orné, tr. peigne. (*Rel. anc.*)

Très beau recueil composé de 66 planches en excellentes épreuves du PREMIER TIRAGE.

1° Meubles, Portes, Cabinets, Dressoirs, Termes, Tables, Lits, Miroir, etc., 77 pièces sur 46 ff. Cette collection est complète ainsi.

2° Détails d'ordre d'Architecture. 2e série, 20 pl.

L'exemplaire est à toutes marges et d'une grande pureté.

Des bibliothèques de Eug. PIOT et Guyot de VILLENEUVE.

18. DU CERCEAU (J.-A.). [Vases, Aiguières, Coupes, etc., par J. A. Du Cerceau]. *S. l. n. d.* (*vers* 1570), en un vol. pet. in-4, mar. rouge jans., tr. dor. (*Chambolle-Duru.*)

Suite complète de 60 pièces, aiguières, buires, coupes, drageoirs, biberons, pots, etc.

Belles épreuves avec grandes marges.

19. FORTY (J. Fr.). ŒUVRES DE SCULPTURES EN BRONZE, contenant girandoles, flambeaux, feux, pendules, bras, cartels, baromètres et lustres, inventées et dessinées par Jean François Forty, gravées par Colinet et Foin. *A Paris, chez Chéreau, s. d.* (*vers* 1780), pet. in-fol., mar. rouge jans., tr. dor. (*Chambolle-Duru.*)

Très rare recueil contenant un titre gravé et 48 planches en 8 cahiers marqués A-H.

20. GERMAIN. ÉLÉMENTS D'ORFÈVRERIE divisés en deux parties de cinquante feuilles chacune, composés par Pierre Germain, Marchand orfèvre-joaillier à Paris. *Se vendent à Paris, chez l'Auteur*, 1748, 2 part. en un vol. in-4, pl., mar. rouge jans., tr. dor. (*Cuzin.*)

Très bel exemplaire de ce rare recueil de 100 planches de modèles de pièces d'argenterie du dix-huitième siècle.

Quelques planches sont gravées d'après *Roettiers.*

Le titre porte la signature autographe de *Germain.*

21. HUET (J.-B.). ŒUVRE DE DIFFÉRENTS GENRES dessinée par J.-B. Huet, Peintre du Roi, et gravée par Demarteau. *Paris, chez l'auteur, s. d.* (*vers* 1780), in-4 obl., veau marbré, tr. rouges. (*Rel. anc.*)

Suite complète de 12 cahiers de 4 feuilles chacun ; ensemble 48 planches gravées à la manière du crayon par *Demarteau* et tirées en sanguine : Pastorales, sujets champêtres, animaux, ornements, frises, panneaux avec arabesques, vases, modèles de tapisseries, lit de repos, écran exécuté pour la Reine, etc.

Jolie suite de la plus grande rareté.

Très bel exemplaire dans sa première reliure avec armoiries.

22. JACQUARD (Antoine). [MÉDAILLONS ET BOITES DE MONTRES avec sujets mythologiques accompagnés de frises ou garnitures de bracelets]. A. Jacquard in. fecit. *S. l. n. d. (vers* 1615), in-8, mar. rouge jans., tr. dor. (*Chambolle-Duru.*)

2 suites de 6 pièces chacune (nos 1-6.) Chaque pièce porte un médaillon avec sujet : *Jugement de Pâris, Chute d'Icare, Enlèvement de Ganymède, Amphion, Enlèvement d'Hélène, Diane et Actéon,* etc. Les bordures sont en haut et en bas de chaque feuille.

Suite extrêmement rare.

23. — Ornements d'Epées. *S. l. n. d.* (*vers* 1620), pet. in-4, mar. rouge jans., tr. dor. (*Chambolle-Duru.*)

Très rare suite comprenant 7 planches gravées avec de nombreux motifs de gardes d'épées, panneaux, bouts de gaînes, très habilement ornés.

La première planche renferme le portrait de l'artiste costumé en guerrier.

24. JOUSSE (Mathurin). LA FIDELLE OUVERTURE DE L'ART DE SERRURIER où l'on void les principaulx preceptes, dessings et figures touchant les experiences et operations manuelles dudict art. Ensemble un petit traicté de diverses trempes. Le tout faict et composé par Mathurin Jousse de la Flèche. *La Flèche, Georges Griveau,* 1627, in-fol., titre gravé et fig., veau fauve, double rangée de fil., tr. dor. (*Simier.*)

Ce volume est orné de nombreuses planches gravées sur bois et sur cuivre, très remarquables au point de vue de l'art. Elles représentent des clefs, serrures, grilles, enseignes, heurtoirs, puits, etc., richement ornés.

Bel exemplaire provenant de la collection YEMENIZ.

25. LALONDE. ŒUVRES DIVERSES de Lalonde, décorateur et dessinateur, contenant un grand nombre de dessins pour la Décoration intérieure des Appartements à l'usage

de la Peinture et de la Sculpture en ornemens. Des Meubles du plus nouveau goût, des pièces d'Orfèvrerie et de Serrurerie, etc. *Paris, Chéreau, s. d.* (*vers* 1780), in-fol., veau, fil., tête dor. (*Guétant.*)

Très beau recueil d'ornements où figurent les plus jolis modèles de meubles et de décorations d'appartements de l'époque Louis XVI.

Ce recueil contient un titre et 136 planches (en 26 cahiers) qui forment la partie la plus intéressante de l'œuvre de ce maître gracieux.

26. LALONDE. Cahiers d'ameublement dessinés par Lalonde. *S. l. n. d.* (*Paris, Chereau, vers* 1780), in-4, cart.

Ce recueil comprend 9 cahiers (A-I), soit 54 pl. gravées par *Delagardette*, de modèles de lits, fauteuils, banquettes, écrans, etc. Cette série est complète en 9 cahiers et forme le complément des 26 cahiers qui précèdent.

A la suite : 9 cahiers divers du même artiste, gravés par *Fay*, publiés chez *Jean*, comprenant 34 planches (sur 36) de meubles divers et décorations de fenêtres.

Ensemble 88 planches.

27. LA MÉSANGÈRE. Collection de Meubles et Objets de Gout. *A Paris, au Bureau du Journal des Dames, s. d.* (*vers* 1805), 4 vol. pet. in-fol. obl., demi-rel. dos et coins de mar. rouge grenat, tête dor., *non rognés*.

Importante publication faite par La Mésangère au commencement du XIXe siècle. Le présent exemplaire renferme 4 titres gravés et 709 planches coloriées, numérotées 1-709, contenant près de 1.400 modèles de meubles et objets à tous usages: fauteuils, chaises, lits, berceaux, draperies, tables, miroirs, pendules, vases, candélabres, etc., ainsi que d'un grand nombre de voitures.

Très rare aussi complet.

28. LEPAUTRE (Jean). ŒUVRES de Jean Lepautre, architecte, dessinateur et graveur. *Paris, Langlois, Mariette, Le Blond, etc., s. d.* (1661-1677), 2 vol. pet. in-fol. mar. rouge, dos orné, double rangée de fil., tr. dor. (*Rel. anc.*)

Ces deux volumes contiennent une grande partie des compositions de *Jean Lepautre* en PREMIÈRES ÉPREUVES ORIGINALES, telles qu'elles ont été publiées par *Langlois, Mariette, Le Blond* et *Le Pautre* lui-même, en cahiers séparés, généralement de 6 feuilles.

Les planches contenues dans ces deux volumes sont au nombre de 791 ; modèles de Décorations intérieures et extérieures : alcôves, lambris, plafonds, panneaux, cheminées, placards, porte-cochères, jardins, fontaines, grottes, vases, etc., Objets d'ameublement : miroirs, lits, cabinets, brasiers, torchères, etc., Objets et Ornements d'Église : autels, chaires, tabernacles, retables, portails, etc., rinceaux, frises, corniches, montants, grotesques et moresques, trophées, carrosses, etc, etc.

Superbe exemplaire dans son ancienne reliure en maroquin du dix-septième siècle.

Sur les premiers plats de chaque reliure, on a frappé les armoiries du marquis de STAFFORD.

29. LE PAUTRE (Pierre). Livre de Tables qui sont dans les Apartemens du Roy sur lesquels sont posée (*sic*) les Bijoux du Cabinet des Médailles. Dessiné et gravé par P. Le Pautre graveur du Roy. *Paris, Daigremont, s. d.* (*vers* 1690), in-4, mar. rouge, dos orné, double rangée de fil., tr. dor. (*Hardy.*)

Suite complète de 6 feuilles : cinq sont consacrées aux tables qui garnissaient le cabinet des médailles de Louis XIV à Versailles et qui supportaient des vases et des objets qui ont été fidèlement reproduits ; la 6e planche représente un *Buffet exécuté pour Marly*, garnissant le grand salon octogone du premier étage.

30. MARIA. PREMIER LIVRE DE DESSEINS DE JOAILLERIE ET BIJOUTERIE inventés par Maria et gravés par Babel. *Paris, l'auteur, s. d.* (*vers* 1780), in-fol. oblong, mar. rouge, dos orné, double rangée de fil., tr. dor. (*Hardy.*)

Très belle et très intéressante collection de modèles de bijoux de cette époque.

La suite est complète et se compose de 35 planches y compris le titre.

31. MAROT (Daniel). ŒUVRES du Sieur D. (Daniel) Marot, architecte de Guillaume III, Roy de la Grande Bretagne, contenant plusieurs pensées utilles aux architectes, peintres, sculpteurs, orfèvres, jardiniers et autres ; le tout en faveur de ceux qui s'apliquent aux Beaux-Arts. *Amsterdam, Chez l'Auteur*, 1712, petit in-folio, pl., veau granité, fil., tr. rouge. (*Rel. anc.*)

L'œuvre de Daniel Marot est une véritable encyclopédie de l'art ornemental de la deuxième moitié du dix-septième siècle. Quoique dessinées et gravées en Hollande, ces compositions sont du goût français le plus pur ; l'artiste avait vécu longtemps en France et il ne quitta son pays qu'à la suite de la révocation de l'Edit de Nantes.

Le présent exemplaire comprend 1 titre imprimé en rouge et noir,

1 portr. de l'auteur d'après *Parmantier*, et 269 planches de décorations, meubles, lits, rideaux, tapisseries, bronzes, pendules, cartels, bijoux, carrosses, rampes, grilles, balcons, jardins, statues, vases, etc., etc.

Superbe exemplaire dans sa reliure originale, en parfait état de conservation.

32. MAVELOT (Ch.). Nouveaux Desseins pour la pratique de l'Art héraldique, de plusieurs Armes des premiers de l'Estat ornée (*sic*) de leurs Couronnes, Supports, Casques et l'Embrequins et Cartouches avec leurs chiffres fleuronnez, leurs noms et qualitez... le tout inventé, dessiné et gravé par Mavelot. Ouvrages (*sic*) très utile aux peintres, graveurs, sculpteurs, orfèvres, etc. *Paris, s. d.* (1696), in-4, front. et pl., veau. (*Rel. anc.*)

Ce volume se compose d'un f. de titre, d'une pl. des armes du duc du Maine, d'un f. de dédicace, de 52 pl. d'armes, chiffres et devises, et d'un f. pour le *Privilège*. Le volume est entièrement gravé.

33. — NOUVEAU LIVRE DE CHIFFRES qui contient en general tous les noms et surnoms entrelassez par alphabet. Ouvrage utile et nécessaire aux peintres, sculpteurs, graveurs et autres, inventé et gravé par Charles Mavelot, graveur ordinaire de S. A. R. Mademoiselle. Dédié à Monseigneur le Dauphin. *Se vend à Paris, chez l'auteur*, 1680, in-4, pl., veau. (*Rel. anc.*)

Titre gravé et 2 ff. d'*Epistre*, 21 pl. de grands chiffres, 58 pl. de chiffres entrelacés et 4 pp. de *Table* et de *Privilège*.

Bel exemplaire auquel on a ajouté l'*Adresse de Mavelot*, gravée par lui-même.

34. — Nouveau livre de differens Cartouches, Couronnes, Casques, Supports et Tenans. Dessignez et gravez par C. Mavelot. Ouvrage utile aux Peintres, Sculpteurs, Graveurs, etc. (*Paris*), *Mavelot, s. d.* (1685), pet. in-4 obl., mar. rouge jans., tr. dor. (*Hardy.*)

Ce volume se compose de 6 ff. prélim. gravés, de 31 pp. imprimées pour la *Préface*, de 43 pl. numérotées de jolis modèles de Cartouches et de Supports d'armoiries et d'un feuillet pour le *Privilège*.

35. MEISSONNIER. ŒUVRE DE JUSTE AURÈLE MEISSONNIER, peintre, sculpteur, architecte et dessinateur de

la chambre et cabinet du Roy. Première partie exécutée sous la conduite de l'auteur. *Paris, Huquier, s. d.* (*vers* 1730), in-fol., pl., mar. rouge, dos orné, fil., tr. dor. (*Chambolle-Duru.*)

Un des plus beaux recueils de planches d'ornement et de décoration de l'époque Louis XV. Très bel exemplaire.

Il se compose d'un titre orné, du portrait de Meissonnier et de 118 sujets de décorations intérieures, ameublements, pièces d'orfèvrerie, etc., sur 72 planches ; la plupart des planches ont été gravées par *Huquier*.

36. MIGNOT (D.). [LE LIVRE DE BIJOUTERIE de Daniel Mignot]. *Augustæ Vindelicorum, anno* 1616, in-4, mar. rouge jans., tr. dor. (*Chambolle-Duru.*)

Collection de 31 planches d'ornements divers : broches, médaillons, pièces en noir sur fond blanc, etc., les quatre premières accompagnées d'un texte gravé.

Diverses feuilles pouvant servir de titre aux différentes séries portent la devise de l'artiste : *In timore ac charitate Dei*.

Daniel Mignot était orfèvre à Reims, au XVIe siècle, il dut partir à Ausbourg pour cause de religion.

Il est rare de trouver autant de pièces de cet artiste, en aussi bel état.

37. OPPENORD (G. M.). ŒUVRES de Gille Marie Oppenord, Ecuier, Directeur des Bâtiments et Jardins de S. A. R. Mgr. le duc d'Orléans, contenant différents fragments d'architecture et d'ornements à l'usage des batiments sacrés, publics et particuliers. *Huquier, s. d.* (*vers* 1750), 3 part. en un vol. in-fol., mar. rouge, dos orné, fil., tr. dor. (*Chambolle-Duru.*)

Superbe exemplaire contenant toutes les Œuvres du maître, divisées en 3 parties connues sous les titres de *Grand*, *Moyen* et *Petit Oppenord*.

Le *Grand Oppenord* comprend un titre, un *Avis*, un portrait d'Oppenord, 116 planches (consoles, trophées, portes, chandeliers, cheminées, lambris) en 19 cahiers marqués AA-TT (le cahier N. en 8 ff.) et une planche double pour l'*Autel de Meaux*, soit 120 sujets tirés sur 83 pl. dont une de double format.

Le *Moyen Oppenord* comprend 90 pièces (Pendules, Frises, Panneaux, Cartouches, Gaines), en 12 cahiers marqués A-L (le dernier de *Fontaines* non marqué), tirés sur 36 feuilles.

Le *Petit Oppenord* intitulé *Livre de Fragmens d'Architecture* comprend 168 pièces en 12 cahiers chiffrés I-XII, tirées sur 42 feuilles.

Ensemble 378 pièces, gravées en partie par *Huquier*, tirées sur 161 feuilles.

Ce qui distingue cet exemplaire, c'est que les planches des deux dernières parties, de plus petit format que celles de la première, sont tirées à 2 et à 4 par feuille, le recueil a ainsi un ensemble parfait, toutes les feuilles étant de même dimension.

38. OSTAUS. La Vera perfettione del disegno di varie sorti di ricami, et di cucire ogni sorte di punti a fogliami, punti tagliati, punti a fili, et rimessi punti incrociati, ponti a stuora, et ogn'altra arte, che dia opera a disegni. Fatto nuovamente per Giovanni Ostaus. *In Venetia, appresso Giovanni Ostaus*, 1566, pet. in-4 obl., pl., mar. rouge, fil. et bande d'entrelacs à froid, tr. dor. (*Chambolle-Duru.*)

Ce volume orné de 74 planches, est un des plus jolis ouvrages de dentelles.

Le 2e f. est occupé au v° par une figure représentant plusieurs femmes occupées à des travaux à l'aiguille ; cette figure est signée *Jose Sal.*, 1557. (*Joseph Salviati* dit *Porta*).

39. PARASOLE (Elisabeth Cat.). Teatro delle Nobili et Virtuose Donne dove si rappresantano varii Disegni di Lavori novamenti invantati, et disegnati da Elisabetta Catanea Parasole Romana. *In Roma*, 1616, in-4 obl., titre gravé et pl., mar. rouge jans., tr. dor. (*Chambolle-Duru.*)

Titre gravé, 1 f. de dédicace imprimée et 44 pl. de modèles de broderies.

Ces modèles, le plus souvent de dentelles à point coupé, sont exécutés en blanc sur fond noir ; ils sont remarquables par la variété et l'élégance de leur ornementation.

40. PATRONS de diverses manieres

Inventez tressubtilement
Duysans à brodeurs et Lingieres
Et a ceulx lesquelz vrayement
Veullent par bon entendement
User Dantique et Roboesque
Frize et Moderne proprement
En comprenant aussi Moresque...

Imprimées à Lyon, par Pierre de saincte Lucie, dict le

Prince, près nostre dame de Confort, s. d. (XVIe *siècle*), in-4 de 16 ff. non chiffrés, vélin à recouvrements, étui en mar. brun.

Le même volume renferme : 1° Sensuyvent les patrons de messire Antoine Belin, Reclus de sainct Martial de Lyon. Item plusieurs autres beaulx Patrons nouveaulx, qui ont esté inventez par Jehan Mayol Carme de Lyon. *On les vend à Lyon, chez le Prince, s. d.*, in-4 de 12 ff.

2° Livre nouveau, dict patrons de lingerie, cest assavoir a deux endroitz, a point croise, point couché et point picque, en fil dor, dargent, de soye et autre, en quelque ouvrage que ce soit : comprenant lart de Broderie et Tissoterie. *Imprimees à Lyon, chez Pierre de saincte Lucie, près nostre Dame de Confort, s. d.*, in-4 de 24 ff.

3° La fleur des patrons de lingerie, a deux endroitz, a point croise, à point couche, et à point picque, en fil dor, fil dargent, et fil de soye, ou aultre en quelque ouvraige que ce soit en comprenant lart de broderie et tissuterie. *Imprimees à Lyon, en la maison de Pierre de saincte Lucie, dict le Prince, Pres nostre Dame de confort, s. d.* (1549), in-4 de 12 ff.

Ces quatre ouvrages, de la plus grande rareté, qui ont probablement été publiés ensemble, par *Claude Nourry*, contiennent 121 planches de modèles de broderies, dentelles, chiffres, etc.

Les titres sont compris dans des encadrements gravés sur bois et trois des ouvrages sont ornés de la marque de *Claude Nourry*.

Exemplaire très bien conservé provenant de la bibliothèque du baron J. Pichon.

41. PERCIER et FONTAINE. Recueil de Décorations intérieures, comprenant tout ce qui a rapport à l'ameublement, comme vases, trépieds, candelabres, cassolettes, lustres, girandoles, lampes, chandeliers, cheminées, fauteuils, chaises, etc., composé par C. Percier et P. F. L. Fontaine, exécuté sur leurs dessins. *A Paris, chez les auteurs au Louvre, impr. P. Didot l'aîné*, 1812, in-fol., pl., demi-rel. dos et coins de mar. vert, dos orné, tête dor., ébarbé. (*Champs.*)

Ce volume se compose de 72 planches qui fournissent les renseignements les plus complets sur l'ornementation et la décoration sous le premier empire.

42. POUGET. Dictionnaire de Chiffres et de lettres ornées, à l'usage de tous les Artistes, contenant les vingt-quatre lettres de l'alphabet, combinées de manière à y rencontrer tous les noms et surnoms entrelassés. Par

M. Pouget fils. *Paris, Tilliard*, 1767, in-4, front. et pl., veau, dos orné, fil. à froid, tr. rouge. (*Rel. anc.*)

Ce volume est orné de 1 frontispice, 1 dédicace, 9 pl. de calligraphie et 240 planches de chiffres, lettres ornées, couronnes, casques, par *Pouget* et *Piauger*. Les 13 planches des *Chiffres d'amour* sont coloriées.

Ce volume est un des plus rares qui aient publiés sur cette matière.

Très bel exemplaire.

43. POUGET. Traité des Pierres précieuses et de la de manière les employer en parure. — Nouveau Recueil de Parures de joaillerie. Second livre. Par Pouget fils. *Paris*, 1762-1764, 2 vol. in-4, front. et fig., mar. rouge jans., tr. dor. (*Cuzin.*)

Le premier volume est orné d'un titre gravé et de 79 planches, le second volume d'un titre gravé et de 80 planches, soit en tout 159 planches avec nombreux modèles de bijoux et de parures. Ces 159 planches ont été gravées par *Mlle Raimbaud*.

La seconde partie est très rare.

44. ROUMIER (François). Livres de plusieurs coins de Bordures, inventez par François Roumier, Sculpteur du Roy. *Paris, P. Fessard, s. d.* (1724), in-4 obl., demi-rel. dos et coins de veau marbré, dos orné, tête dorée. (*Pagnant.*)

Suite complète de 7 planches de décorations de cadres.

45. TARAVAL. Collection de dessins de poeles de formes antique et moderne de l'invention et de la manufacture du sieur Ollivier, rue de la Roquette, fauxbourg Saint-Antoine. *S. l. n. d.* (*Paris, vers* 1790), pet. in-fol., basane, dos orné, fil. à froid. (*Rel. anc.*)

Quatre pages de texte imprimé et 18 planches, dessinées par *Bosse*, gravées par *Taraval*, modèles de poèles très élégamment décorés dans le style Louis XVI. Planches en double épreuve au trait, en noir et parfaitement coloriées à l'aquarelle, probablement par *Taraval*.

46. TIJOU (J.). Nouveau Livre de Desseins inventés et dessiné par Jean Tijou. Contenant plusieurs sortes d'ouvrages de fer, comme Portes, Frontispices, Balcons, Rampes d'escaliers, Panneaux, etc., dont la plus part ont

estés (*sic*) exécutées à Hampton Court Maison Royale, et aux Maisons de plusieurs personnes de qualité de ce royaume. Le tout pour l'utilité de ceux qui veulent travailler le fer en perfection et avec art. *Se vend chez l'auteur à Londres*, 1693, in-fol. obl., veau granité avec parties de veau fauve, enc. de fil. et ornements à froid. (*Rel. anc.*)

Titre avec sujets divers dessiné par *Laguerre*, gravé par *Vansomer* et 19 belles planches gravées par *Vanderbanck*, *Vander Gucht*, *Bouche* et *Gentot*, d'après *Tijou*.

Très belle suite de grilles, balcons, supports d'enseignes, têtes de clefs, couronnements, etc.

Superbes épreuves du PREMIER TIRAGE. Une nouvelle édition a été publiée avec le nom de *Fordrin*.

47. TORO (J. B.). ŒUVRE de J. B. Toro. *Paris et Aix*, (1710-1725), in-fol., mar. rouge, dos orné, fil., tr. dor. (*Chambolle-Duru.*)

1° *Livre de Tables de diverses formes*, titre et 5 pl. gravés par *de Rochefort*.

2° *Desseins Arabesques à plusieurs usages*, titre et 5 pl. gravés par *C. Cochin*.

3° *Cartouches nouvellement inventez*, titre et 5 pl. gravés par *C. Cochin*.

4° *Trophées nouvellement inventés*, titre et 5 pl. gravés par *C. Cochin*.

5° *Desseins à plusieurs usages*, titre et 5 pl. gravés par *H. Blanc*.

6° *Desseins à plusieurs usages*, titre et 5 pl. gravés par *H. Blanc*. Série différente de la précédente.

7° *Desseins à plusieurs usages*, titre et 5 pl. gravés par *H. Blanc*. Série différente des précédentes.

8° *Livre de Vases*, titre et 6 pl. gravés par *B. Pavillon*.

9° *Nouveau livre de Vases*, titre et 6 pl. gravés par *Rochefort* et *C. Cochin*.

10° *Grotesques et Mascarons* (dédié à D. F. Ricard), titre et 5 pl. gravés par H. Blanc.

11° *Cartouches et Caprices* (dédié à L. de Beaumont), titre et 5 pl. gravés par *H. Blanc*.

12° *Cartouches* (dédié à Fr. de Boyer), titre et 5 pl. gravés par *H. Blanc*.

13° *Livre de Cartouches*, titre et 5 pl. gravés par *B. Pavillon*.

14° *Nouvelle manière d'Ornements faciles*, titre et 6 pl.

15° *Livre pour Vaisselle d'Église*, titre et 5 pl. gravés par *B. Pavillon*.

16° *Nouveau livre*, titre et 5 pl. gravés par *Joullain*.

17° *Dessein de Tombeaux*, titre et 3 pl. dessinés et gravés par *J.-B. Toro*.

18° *Livre de Frise*, titre et 5 pl. gravés par *Pavillon*.

19° 6 pl. diverses, frise, vases, etc.

Ensemble 115 planches à très grandes marges, un certain nombre sur PAPIER FORT.

L'Œuvre de *Toro* est des plus remarquables et cet artiste doit être compté parmi les dessinateurs ornemanistes les plus délicats. Il est très difficile à réunir, les différents cahiers ayant été publiés à *Paris* et à *Aix*, patrie de l'artiste.

48. VAN DER CRUYCEN. Nouveau Livre de Desseins contenant les ouvrages de la Joaillerie. Inventés et dessinés par L. Van der Cruycen en 1770. *Paris*, (1770), pet. in-fol. obl., mar. rouge jans., tr. dor. (*Chambolle-Duru.*)

Titre richement encadré et 11 planches de modèles de peignes, aigrettes, agraffes, colliers, nœuds, montres, etc.

La suite est ainsi complète et très rare.

49. VERINI. SECRETI : e modi bellissimi nuovamente investigati per Giovambatista Verini Fiorentino : e professore de modo scribendi. *S. l. n. d.* (*Venise, vers* 1510), in-4 goth. de 10 ff. non chiffr., fig., mar. rouge jans., tr. dor. (*Masson-Debonnelle.*)

Très rare volume non cité, il contient diverses recettes pour faire des encres sympathiques, la manière de rendre l'eau claire, de lire des lettres renversées, etc. Le volume renferme en outre un magnifique alphabet gravé sur bois, un des plus beaux que nous ayons vus parmi ceux des artistes italiens du XVIe siècle.

Le titre est orné d'un bois représentant l'auteur écrivant sur un pupitre.

50. VOGTHERR (Henri). KUNSTBÜCHLIN, vonn allerley seltzamen, und wunderbaren frembden Stucken, so gemeinlich viel sinnens unnd nachdenckens haben wöllen : allen Mahlern, Bildschnitzern, Goldschmiden, Steinmetzen, Waffen und Messerschmiden nothwendig, und sehr nutzlich zu gebrauchen. Gestellt durch weyland Heinrich Vogtherr, Mahler und Burger zu Strassburg. *Getruckt zu Strassburg, durch Antonium Bertram*, 1610, in-4 de 28 ff., pl., mar. rouge jans., tr. dor. (*Trautz-Bauzonnet.*)

Très important recueil de modèles destinés aux artistes.

Modèles de têtes d'hommes et de femmes, de coiffures, de mains, de pieds, de casques, de cuirasses, de carquois, d'épées, d'écussons, de chapiteaux et futs de colonnes.

Toutes ces planches sont gravées sur bois avec infiniment d'esprit.

Sur le titre, deux portraits de *Vogtherr* père et fils.

Ce recueil est devenu très rare.

51. WOEIRIOT (Pierre). [LIBRO d'ANELLA d'OREFICI de l'inventione de Pero Woeirioto di Loreno. *S. l.* (*Lyone*), 1561,] pet. in-4, mar. rouge jans., tr. dor. (*Chambolle-Duru.*)

Suite de 39 planches numérotées (2 à 40) de forme ovale, gravées sur cuivre par *P. Woeiriot.* Chacune d'elles porte un ou plusieurs modèles de bagues ciselées et émaillées, enrichies de pointes de perles, d'émeraudes, etc. Chaque pièce est signée du monogramme de *Woeiriot* accompagné de la croix de Lorraine.

La planche nº 1 est un frontispice avec le nom de l'artiste et la date de 1561. Elle manque dans cet exemplaire. La pl. nº 2 porte deux quatrains adressés à Barthélemy Aneau.

Cette suite est des plus rares parmi les séries d'ornements du seizième siècle ; on ne connaît guère d'exemplaires dans les collections particulières.

II. — TOPOGRAPHIE. VUES DE VILLES ET DE MONUMENTS.

52. AVELINE (Fr.). Vues de Paris et de ses Environs, dessinées et gravées par Fr. Aveline. *Paris, Aveline, s. d.* (*vers* 1690), pet. in-fol. obl., mar. rouge grenat, dos orné, double rangée de fil., tr. dor.

Recueil dans le genre de ceux des *Perelle* et des *Silvestre.* Il est beaucoup plus rare que ces derniers et renferme plusieurs vues qui n'ont été dessinées que par *Aveline.*

Ce volume renferme 82 planches ; 15 sont consacrées à Paris et 67 à ses environs, Vincennes, Versailles, Chantilly, Fontainebleau, etc.

Bel exemplaire.

53. BACLER D'ALBE. Promenades pittoresques et lithographiques dans Paris et ses environs. *Paris, lith. G. Engelmann* (*et Villain*), 1822, in-fol., pl., demi-rel. mar. rouge à grains longs, dos orné, tête dor. (*Champs-Stroobants.*)

Ouvrage intéressant orné de 48 lithographies par *Bacler d'Albe.* Le texte est également lithographié.

54. BOYS. Picturesque Architecture in Paris, Ghent, Antwerp, Rouen, etc. Drawn from nature on stone by Thomas Shotter Boys. *London, by Thomas Boys,* 1839, in-fol., fig., demi-rel. dos et coins de mar. rouge, dos orné, tête dor., *non rogné.* (*Champs-Stroobants.*)

Titre, 1 f. de dédicace et 25 belles planches en couleur (avec 28 sujets), par *Hullmandel* d'après *T. S. Boys,* représentant les monuments de Paris, Rouen, Anvers, Dieppe, etc.

55. BRETEZ. Plan de Paris, commencé l'année 1734. Dessiné et gravé sous les ordres de Etienne Turgot, levé et dessiné par Louis Bretez, gravé par Claude Lucas. *Paris,* 1739, in-fol., mar. rouge, dos orné, pet. dent., coins fleurdelisés, tr. dor. (*Rel. anc.*)

Ce plan se compose de 20 feuilles et d'un tableau d'assemblage.

Très bel exemplaire aux armes de la Ville de Paris.

56. CANAL (Ant.). Urbis Venetiarum prospectus celebriores, ex Antonii Canal tabulis XXXVIII, ære expressi ab Antonio Visentini in partes tres distributi. *Venetiis, J.-B. Pasquali*, 1754, in-fol. obl., demi-rel. dos et coins de veau marbré, dos orné. (*Pagnant.*)

Titre gravé, 1 pl. avec portraits des artistes et 38 pl. divisées en trois séries, dessinées par *A. Canal* et gravées par *A. Visentini*, de vues diverses de la ville de Venise.

57. CHASTILLON (Claude). TOPOGRAPHIE FRANÇOISE ou représentations de plusieurs villes, bourgs, chasteaux, maisons de plaisance, ruines et vestiges d'antiquitez du Royaume de France. Designez par deffunct Claude Chastillon. Et mise en lumière par Jean Boisseau, enlumineur du Roy pour les cartes géographiques. *A Paris*, 1641, in-fol., mar. brun.

Recueil de la plus grande importance ; les dessins ont été faits par l'ingénieur Châlonnais, Claude Chastillon, pendant les guerres de la Ligue.

Cet ouvrage, qui est ici en PREMIÈRE ÉDITION, comprend :

1° Le titre gravé par Léonard Gaultier. Dans le bas, vue de Paris à vol d'oiseau.

2° Une table imprimée sur un feuillet.

3° 131 feuilles doubles contenant 536 vues de villes ou d'édifices.

4° 4 planches de machines militaires et pyrotechniques, comprenant chacune deux gravures.

Les planches, dont plusieurs portent les noms de *J. Briot* et de *Mérian* comme graveurs, sont généralement tirées à plusieurs sur chaque feuille.

On a ajouté à cet exemplaire une pièce très rare, c'est le *Dessein du magnifique bastiment de l'Hostel de Ville de Paris... par Cl. Chastillon*. 1613 (avec la représentation du feu de la Saint-Jean), grande estampe en largeur gravée par *M. Mérian*. L'estampe est avec le texte qui est fort intéressant pour l'histoire de Paris.

Ce recueil est extrêmement rare.

De la bibliothèque de Guyot de VILLENEUVE.

58. COCHIN (Ch. N.). Projet pour la Construction des Guérites décorées que Sa Majesté a permis à son Académie Royale de Peinture et de Sculpture, de faire élever dans les Demies Lunes du Pont Neuf, en 1769. (*Paris*, 1769), in-4 obl., cart.

Un titre gravé par *Petit* et 3 charmantes estampes AVANT LA LETTRE gravées par *Le Bas* d'après *Cochin*.

59. DEROY. Recueil de Vues de Rouen dessinées d'après nature et lithographiées par Deroy. *Paris, Jeannin et Rouen, Hacbet (lith. de Lemercier)*, 1835, in-fol., cart., *non rogné*, couv.

Douze belles lithographies précédées du premier feuillet de couverture avec vignette, servant de titre.

60. — Les Rives de la Seine, dessinées d'après nature et lithographiées par Deroy. *Paris, Ch. Motte*, 1831, in-4 obl., pl., demi-rel. dos et coins de chagrin violet, dos orné, *non rogné*. (*Rel. de l'époque.*)

Titre, carte et 87 lithographies d'après *Deroy*. Couverture de livraison conservée.

A la suite : 12 lithographies du même artiste, vues de Paris et des Environs.

61. DORGEZ. Vues des Théatres et autres lieux de plaisirs parisiens à la fin du dix-huitième siècle. *S. l. n. d.* (*Paris, vers* 1800), pet. in-4, mar. citron, dos orné, fil., tête dor. (*R. Petit.*)

Jolie suite comprenant 12 planches en couleurs par *Dorgez : Théâtre de l'Opéra, Théâtre français, Théâtre de l'Opéra-Comique, Théâtre Feydeau, Tivoli, Frascati, Pavillon d'Hanovre, Paphos, Jardin du Tribunat, Bains Vigier, Cour Batave* et *Panorama*.

62. DU CERCEAU (Androuet). Le premier [et le second] volume des plus excellents bastiments de France. Auquel sont designez les plans de quinze Bastiments, et de leur contenu : ensemble les elevations et singularitez d'un chacun. Par Jacques Androuet, du Cerceau, Architecte. *Paris*, 1566-1579, 2 vol. in-fol., veau marbré, dos orné, fil. (*Rel. anc.*)

Première édition de cet important ouvrage orné de 123 planches doubles gravées à l'eau-forte, par et d'après les dessins de *Du Cerceau*. Voici les noms des châteaux dont *Du Cerceau* a donné des vues et des plans dans son ouvrage : *Louvre, Vincennes, Chambord, Boulogne dit Madrid, Creil, Coussy, Folembray, Montargis, Saint-Germain, La Muette, Valery, Verneuil, Ancy-le-Franc, Gaillon, Maune, Blois, Amboise, Fontainebleau, Villers-Cotterets, Charleval, les Tuileries, Saint-Maur, Chenonceaux, Chantilly, Anet, Ecouen, Dampierre, Chaluau, Beauregard* et *Bury*.

Très bel exemplaire aux armes de J. Aug. de Thou.

Des bibliothèques de Soubise, W. Beckford et Guyot de Villeneuve.

63. FÉLIBIEN (A.). DESCRIPTION DE LA GROTTE DE VERSAILLES. *Paris, impr. royale,* 1679, in-fol., pl., mar. rouge, double rangée de fil., tr. dor. (*Rel. anc.*)

Les planches au nombre de 25 ont été gravées par *Lepautre*, *Chauveau*, *Goyton*, *Picard* et *Edelinck*.

La Grotte de Versailles fut démolie en 1686.

Très bel exemplaire aux armes et chiffre du roi LOUIS XIV.

64. GAITTE. VUES DE PARIS, dessinées et gravées par Gaitte. *A Paris, chez l'auteur* (*et chez Jean*), *s. d.* (*vers* 1815), pet. in-fol. obl., demi-rel.

Collection complète de 25 planches gravées portant ensemble 140 vues d'édifices parisiens.

65. GARNERAY. Vues des Côtes de France dans l'Océan et dans la Méditerranée, peintes et gravées par M. Louis Garneray, décrites par M. E. Jouy. *Paris, Panckoucke,* 1823, 3 part. en un vol. in-fol., pl., demi-rel. dos et coins de mar. rouge, dos orné, *non rogné.* (*Rel. du temps.*)

Orné de 64 belles planches par *Garneray* donnant les vues des principaux ports de France.

66. GIRTIN (Th.). A SELECTION OF THE MOST PICTURESQUE VIEWS IN PARIS and its Environs, drawn and etched by Thomas Girtin. *London, J. Girtin,* 1803, in-fol. obl., pl., demi-rel. dos et coins de chagrin rouge à grains longs, dos orné, tête dor., *non rogné.* (*Champs-Stroobants.*)

Titre et dédicace gravés et 20 planches gravées à l'aquatinte par *Lewis, Harraden, Pickett,* etc. Epreuves coloriées.

Très belle collection.

67. JACQUIN et DUESBERG. Rueil. Le Château de Richelieu. La Malmaison. Avec Pièces justificatives par MM. Jul. Jacquin et Jos. Duesberg. *Paris, Daurin et Fontaine,* 1845, in-8, fig., chagrin bleu, dos et plats ornés de riches comp. de 3 fil., mors de chagrin bleu avec fil., tr. dor. (*Rel. de l'époque.*)

Orné de lihographies sur CHINE par *Dandiran* et *Muller*.

Riche reliure de l'époque romantique, qui a été reproduite dans Beraldi, *la Reliure du XIXe siècle,* tome II, n° 67.

Des bibliothèques de J. JANIN et de G. MOREAU-CHASLON.

68. JANINET. VUES PITTORESQUES DES PRINCIPAUX EDIFICES DE PARIS. *Paris, Lamy,* 1792, pet. in-4, mar. rouge jans., tr. dor. (*Chambolle-Duru.*)

Cette suite se compose d'un titre et de 73 planches numérotées de forme ronde, gravées en couleur par *Janinet* d'après *Durand*. Très rare.

On a joint : 1° le dessin original par *Durand*, de la pl. 43.

2° 13 planches doubles avec différences.

3° 5 gravures en couleurs diverses dont deux prises de la Bastille, une vue du Pont de la Concorde et une vue de Versailles.

4° un dessin original inédit de *Durand* représentant *la Muette*.

Ensemble 94 planches.

69. — Vues des plus beaux Edifices publics et particuliers de la Ville de Paris, dessinées par Durand, Garbizza et Mopillé, architectes, et gravées par Janinet, J.-B. Chapuis, etc. *S. l. n. d.* (*Paris,* 1810), in-4 oblong, front. et pl., demi-rel. dos et coins de chagrin rouge à grains longs, dos orné, tête dor., *non rogné.* (*Pagnant.*)

Titre et 88 planches gravés par *Janinet* et *Chapuis*, d'après les dessins de *Durand*, *Garbizza*, *Toussaint* et *Mopillé*, représentant des vues du Louvre, de la Sorbonne, du Palais-Royal, des Boulevards, etc., etc.

70. JANINET et DESCOURTIS. VUES REMARQUABLES DES MONTAGNES DE LA SUISSE, dessinées et coloriées d'après nature, avec leur description (par le Baron de Haller et Wyttenbach). *Amsterdam, J. Yntema,* 1785, in-fol., pl., demi-rel. dos et coins de veau fauve, *non rogné.* (*Rel. anc.*)

Cette belle publication comprend 12 feuilles de texte avec vignette en-tête par *A. Dunker*, un frontispice tiré en bistre et 40 planches gravées par *Janinet* et *Descourtis*, d'après *Wolff*, *Clément*, *Rosenberg*, etc., imprimées en couleurs. 5 planches sont en double avec différences.

Une figure est en deux états avec et AVANT LA LETTRE. Ensemble 47 planches.

Superbe publication en parfait état.

71. JANSCHA (L.). COLLECTION DE CINQUANTE VUES DU RHIN les plus intéressantes et les plus pittoresques, depuis Spire jusqu'à Dusseldorf; dessinées sur les lieux d'après nature par L. Janscha. *Wien, Artaria,* 1798, in-fol. obl.,

demi-rel. veau vert, bande de veau vert autour des plats, angles décorés de veau rose et doré. (*Rel. du temps.*)

Superbe ouvrage orné de 50 planches dessinées par *Janscha*, gravées par *Zeigler* et coloriées.

Ces planches sont très intéressantes pour les costumes, le sport, etc.

Très rare.

72. LABYRINTHE de Versailles. *Paris, impr. royale*, 1679, in-8, mar. rouge, dos orné, double rangée de fil., tr. dor. (*Rel. anc.*)

L'explication en prose est de Ch. Perrault et les fables en vers sont de Benserade. Le volume est orné de 41 planches de *Sébastien Le Clerc*.

Le *Labyrinthe*, construit de 1667 à 1674, est dû au célèbre *Le Nôtre*. Ce charmant bocage était surtout recommandable pour la nouveauté du dessin et par le nombre et la diversité de ses fontaines, pour lesquelles on avait choisi comme sujets une partie des *Fables d'Esope*.

Bel exemplaire aux armes et chiffres de Louis XIV.

73. LANTARA. Premier livre de Veues en XII feuilles, des Environs de Paris d'après Lantara, sous la direction de M. J. Ph. Le Bas. *Paris, s. d.* (*vers* 1780), pet. in-4 obl., demi-rel. veau marbré. (*Pagnant.*)

Un titre et 12 planches de Vues du Louvre, du Jardin des Plantes, de l'Observatoire, de l'Arsenal, de l'Enfant Jésus, de l'isle Louvier, de la barrière de Gentilly, etc.

Belles épreuves remontées.

74. LEFEBVRE-DURUFLÉ. Excursion sur les Côtes et dans les Ports de Normandie. *Paris, J. F. Ostervald, Impr. de J. Didot aîné, s. d.* (1823-1825), pet. in-fol., pl., demi-rel. dos et coins de mar. vert à grains longs, dos orné. (*V. Champs.*)

40 planches gravées à l'aquatinte par *G. Reeve, Thales* et *Newton Fielding, P. Legrand*, etc., d'après les dessins de *Bonington, Luttringshausen, Beaugean, Ulric*, etc. Vues de Rouen, Caudebec, Harfleur, Honfleur, Le Hâvre, Etretat, Dieppe, etc.

Bel exemplaire avec toutes les planches coloriées à l'époque.

75. — Ports et Côtes de France de Dunkerque au Hâvre. *Paris, Ostervald et Rittner et Goupil*, (*impr. de J. Didot l'aîné*), 1833, in-4, pl., demi-rel. dos et coins de

mar. rouge, dos orné, tête dor, *non rogné*. (*Champs-Stroobants.*)

Orné de 42 planches gravées par *Himely*, *Salathé*, *Marthens*, etc., d'après *Bonington*, *F. Nash*, *Fielding*, etc.

Curieuses vues des ports de la Manche, de Dunkerque au Hâvre : Calais, Boulogne, Dieppe, Fécamp, etc.

Bel exemplaire avec les planches coloriées à l'époque.

Premier plat de la couverture conservée.

76. MÉRYON (Charles). EAUX-FORTES SUR PARIS par C. Méryon. (*Paris*), 1852, in-fol., demi-rel. dos et coins de veau marbré, tête dor. (*Pagnant.*)

Importante collection des eaux-fortes de *Méryon* relatives à la ville de Paris. Elle comprend :

1° La couverture imprimée sur PAPIER BLEU (Delteil, Œuvre de Meryon, n° 17.)

2° Le titre avec le même morceau de gravure.

3° Portrait de Méryon gravé par *Bracquemond* avec quatrain gravé par *Méryon*, D. 17 A, 2e état.

4° *Ancienne porte du palais de Justice*, D. 19, 3e état.

5° *Armes de la ville de Paris*, D. 21, 3e état.

6° *Le Stryge*, D. 23, AVANT LA LETTRE, 6e état sur CHINE.

7° *Le Petit pont*, D. 24, AVANT LA LETTRE, 4e état.

8° *L'Arche du Pont Notre-Dame*, D. 25, 6e état.

9° *La Galerie Notre-Dame*, D. 26, 5e état.

10° *La Rue des Mauvais garçons*, D. 27, AVANT LA LETTRE, 3e état.

11° *La Tour de l'Horloge*, D. 28, AVANT LA LETTRE, 4e état.

12° *Tourelle de la rue de la Tixéranderie*, D. 29, 3e état.

13° *Saint Étienne du Mont*, D. 30, AVANT LA LETTRE, 6e état.

14° *La Pompe Notre-Dame*, D. 31, 9e état.

15° *La Petite Pompe*, D. 32, 2e état.

16° *Le Pont Neuf*, D. 33, 7e état.

17° *Le Pont au Change*, D. 34, 11e état.

18° *La Morgue*, D. 36, 7e état.

19° *L'Abside de Notre-Dame de Paris*, D. 38, 7e état.

20° *Le Tombeau de Molière*, D. 40, 2e état.

21° *Tourelle rue de l'École de Médecine*, D. 41, 9e état.

22° *Rue des Chantres*, D. 42, 4e état.

23° *Collège Henri IV*, D. 43, 4e état.

24° La même pièce, D. 43, 8e état, sur CHINE.

25° *Bain froid Chevrier*, D. 44, 6e état.

26° *Le Ministère de la Marine*, D. 45, AVANT LA LETTRE, 5e état.

27° *La Salle des Pas Perdus à l'ancien Palais-de-Justice*, D. 48, 4e état.

28° *Rue Pirouette aux Halles*, D. 49, 5e état, sur CHINE.

29° *Passerelle du Pont au Change, après l'incendie de 1621*, D. 50, 7e état.

30° *Partie de la Cité vers la fin du XVIIe siècle*, D. 51, 8e état.
31° *Le Grand Châtelet, vers 1780*, D. 52, 3e état.
32° *L'Ancien Louvre*, D. 53, 5e état.
Soit la presque totalité des planches originales de *Méryon* sur Paris.
A cette collection on a joint :
1° 2 portraits de Méryon, par *Bracquemond* et *L. Flameng*.
2° Grandes vues de Paris par *J. Callot* : Vue du Pont Neuf et Vue de la Tour de Nesle, en très belles épreuves, 2 pièces. Ces estampes sont intéressantes, au point de vue de la gravure, à rapprocher de celles de *Méryon*.

77. NATTES. Versailles, Paris and Saint-Denis; or a series of Views from Dravings mad on the Spot, by J. C. Nattes, Illustrative of the Capital of France, and the surrounding places. With an historical an descriptive account. *London, W. Miller, s. d.* (1809-1811), in-fol., pl., demi-rel. dos et coins de chagrin rouge, dos orné, tr. dor. (*Pagnant.*)

Superbe ouvrage orné de 40 très belles planches en couleur par *J. Hill* d'après *Nattes*. Très rare.

78. NICOLLE (V. J.). Vues de Paris, de France et d'Italie. *S. l. n. d.* (*vers* 1800), in-4, demi-rel. dos et coins de mar. vert, fil., tr. dor.

Album de 73 dessins et études, à la plume, sépia et encre de Chine. Quelques-uns sont rehaussés de couleur. Charmante collection.

79. — Sites d'Italie. *S. l. n. d.* (*vers* 1800), pet. in-4, demi-rel. dos et coins de mar. vert, fil., tr. dor.

Album de 28 dessins à la plume, sépia et encre de Chine.

80. OZANNE. Nouvelles Vues perspectives des Ports de France, dessinées pour le Roi, par M. Ozanne, gravées par Y. Le Gouaz. *Paris, Le Gouaz, s. d.* (1791), pet. in-fol. oblong, mar. vert, dos orné, fil., fleurons dans les angles, tr. dor. (*Chambolle-Duru.*)

Recueil de 60 très jolies planches précédées d'un titre et d'une carte. Bel exemplaire.

81. OZANNE. Vues de Paris gravées par Jeanne Françoise et Marie Jeanne Ozanne. *A Paris, chez Jean, s. d.* (*vers*

1765), pet. in-4 obl., fig., mar. rouge à grains longs, dent.

Suite complète de 6 planches dont le titre. Vues de la Place Louis XV des Tuileries, d'une Arche du Pont-Neuf, etc.

82. PALAISEAU. BARRIÈRES DE PARIS. *S. l.*, 1819, in-4 obl., demi-rel. dos et coins de chagrin rouge à grains longs, dos orné, *non rogné.*

Recueil de 48 planches représentant les anciennes barrières de Paris. Ces planches, gravées au simple trait par *Palaiseau* en 1819, ont été coloriées à l'aquarelle.

83. PARIS historique. Promenade dans les Rues de Paris, par Ch. Nodier, Regnier et Champin. Avec un résumé de l'Histoire de Paris, par P. Christian (Pitois). *Paris, Levrault*, 1838-1839, 3 vol. in-8, fig., demi-rel. dos et coins de mar. rouge, dos orné, *non rognés.* (*Rel. de l'époque.*)

200 vues de Paris lithographiées par *Champin*, d'après *Regnier.*
Bel exemplaire avec les figures tirées sur PAPIER DE CHINE.

84. PERELLE. VUES DES PLUS BEAUX BASTIMENTS DE FRANCE (et de l'Étranger). *Paris, Langlois et Mariette, s. d.* (*vers* 1690 *et* 1700), in-4 obl., veau marbré. (*Rel. anc.*)

Le volume comprend 275 planches avec 312 vues ainsi réparties : *Paris*, 2 titres et 61 pl. avec 65 vues ; *Environs*, 2 titres et 92 pl. avec 99 vues ; *Province*, 1 titre et 95 pl. avec 121 sujets ; *Étranger*, 1 titre et 21 pl.
On y a joint 11 pl. *Vues d'Églises de Paris*, par *J. Marot.*
Bel exemplaire, avec grandes marges.
Quelques planches sont AVANT LA LETTRE.

85. PERNOT (F. A.). Le Vieux Paris. Reproduction des monumens qui n'existent plus dans la Capitale, d'après les dessins de F. A. Pernot, lithographiés par Nouveaux et Asselineau. *Paris, Jeanne et Dero-Becker*, 1838-1839, in-fol., pl., demi-rel. chagrin rouge à grains longs, dos orné, tête dor. (*Champs-Stroobants.*)

Orné de 80 planches lithographiées sur PAPIER DE CHINE, non compris un plan de Paris, au XVe siècle.
Bel exemplaire avec envoi autographe de l'auteur.

86. PROMENADE ou Itinéraire des Jardins d'Ermenonville. — Promenades ou Itinéraire des Jardins de Chantilly. *Paris, Desenne et Mérigot père*, 1788-1791, 2 vol. in-8, fig., veau fauve, dos orné, fil., tr. dor. (*Rel. anc.*)

Ouvrages publiés, le premier par Mérigot, le second par le comte C. Stanislas de Girardin et ornés ensemble d'un plan et 45 jolies figures gravées à l'aquatinte par *Mérigot*.

Très beaux exemplaires provenant de la bibliothèque de WALCKENAER.

87. [RECUEIL DES PLANS, COUPES ET ÉLÉVATIONS DES PLUS JOLIES MAISONS DE PARIS, suivi de divers projets d'architecture. *Paris, Joubert, s. d.* (*vers* 1795)], in-fol., veau, dos orné, fil., tr. dor. (*Rel. anc.*)

Très rare réunion de 24 planches (numérotées 1 à 24), de vues d'hôtels et de petites maisons du dix-huitième siècle, par *Prieur* et *Van Cleemputte*. Chaque planche donne plusieurs vues intérieures ou extérieures de l'édifice, ses plans généraux ou particuliers.

Parmi les maisons représentées nous signalerons : les Hôtels Télusson, Taunay, de Ste-Foy, du prince de Salm, de Mlle Guimard, de Mme de Brunoy, de Bagatelle, des théâtres des Variétés, Feydeau, etc.

Ces 24 planches gravées au simple trait ont été parfaitement coloriées à l'aquarelle et constituent autant de très jolis dessins originaux.

Cette jolie suite a été reliée à la fin d'un recueil débutant par un titre manuscrit : *Recueil des Prix proposés et couronnés par l'Académie d'Architecture*, suivi de 121 planches réparties en 20 cahiers, donnant des vues de monuments projetés : museum, cathédrale, porte de ville, bibliothèque publique, bourse, hippodrome, etc.

Ensemble 145 planches très bien coloriées à l'aquarelle.

88. REGNIER (Aug.). Habitations des Personnages les plus célèbres de France, depuis 1790 jusqu'à nos jours. Dessinés d'après nature par Auguste Regnier, et lithographiés par Champin. *Paris, s. d.* (*vers* 1840), in-4, demi-rel. veau vert, dos orné, *non rogné*. (*Rel. de l'époque.*)

100 lithographies tirées sur PAPIER DE CHINE. Rare.

Un des plus pittoresques documents sur le vieux Paris.

Bel exemplaire avec les titre et table. Envoi autographe de Champin, sur le titre.

89. RIGAUD (J.). Recueil choisi des plus belles Vues des palais, châteaux et maisons royales de Paris et des environs, dessinées d'après nature et gravées par J. Rigaud. *A Paris, chez Joubert et Basan, s. d.* (*vers* 1780), in-fol., demi-rel. dos et coins de veau marbré, tr. marbrée. (*Pagnant.*)

Très beau recueil comprenant un titre gravé et 129 planches ainsi réparties : 22 vues de Paris, 24 vues de Versailles, 75 vues de Chantilly, St-Cloud, Meudon, Choisy, Fontainebleau, Chambord, Blois, etc., 6 vues des Actions du siège d'une ville, et 2 vues de Marseille pendant la peste de 1720.

Bel exemplaire bien complet.

90. SAUVAN. Picturesque Tour of the Seine, from Paris to the Sea : with particulars historical and descriptive. By M. Sauvan. *London, R. Ackermann,* 1821, in-4, pl., demi-rel. dos et coins de mar. rouge, dos orné, tête dor., *non rogné.* (*Champs-Stroobants.*)

Orné de 24 planches coloriées d'après *Pugin* et *Gendall,* de 2 vignettes coloriées et d'une carte.

Vues de Paris, Rouen, Le Havre, etc. Jolies illustrations.

91. SILVESTRE (Israël). Vues de Paris, des Environs de Paris, de France et de l'Étranger, dessinées et gravées par Israël Silvestre. *Paris, Israël Henriet,* 1649-1656, in-4 obl., mar. rouge, dos orné, double enc. de dent., milieux, tr. dor. (*Rel. anc.*)

Recueil composé en majeure partie des moyennes planches d'*Israël Silvestre.*

Il comprend 257 planches avec 280 vues, dont 49 pour *Paris,* 79 pour les *Environs de Paris,* 60 pour la *Province* et 92 pour *l'Italie et l'Étranger.*

Belles épreuves de Premier tirage avec grandes marges.

De la bibliothèque de Guyot de Villeneuve.

92. — Vues de Paris, des Environs, de France et d'Italie, dessinées et gravées par Israël Silvestre. *Paris, Israël Henriet,* 1650-1652, 2 vol. in-4 obl., mar. rouge genre ancien, tr. jaspée.

Recueil composé des moyennes et petites planches d'*Israël Silvestre.*

Tome premier. Vues de Paris et de ses environs.

1° Les Lieux les plus rémarquables de Paris et des Environs, dediez à Mgr. Louis de Bunde, avec 4 vers au bas de chaque planche, 12 pl.

2° Diverses veues, à Mgr. le comte de Vironne (Petites Vues des Quais et des Ports), 21 pl.

3° Diverses veues faictes sur le naturel. (Hôtels et Églises), 38 pl.

4° Divers Paisages faits sur le naturel (Environs de Paris), titre et 29 pl. avec 34 sujets.

Tome deuxième. Vues de France et d'Italie.

1° Divers Paisages sur le naturel de la Duché de Bourgongne, titre et 36 pl.

2° Diverses veues de Lyon (et de Grenoble), 2 titres et 26 pl. avec 29 vues.

3° Vues d'Italie, 4 titres et 49 planches avec 63 vues.

Ensemble 219 planches (avec 233 vues) du PREMIER tirage, en belles épreuves avant les numéros pour la plupart.

De la bibliothèque de GUYOT de VILLENEUVE.

93. SILVESTRE (Israël). PLANS, PROFILS, ÉLÉVATIONS ET VUES DE DIFFÉRENTES MAISONS ROYALES et de quelques lieux de remarque. *Paris,* 1668-1680, in-fol., mar. rouge, dos orné, double rangée de fil., tr. dor. (*Rel. anc.*)

47 planches par *Israël Silvestre, Sébastien Le Clerc, La Boissière, Dorbay,* etc., représentant les Tuileries, le Louvre, les châteaux de Vincennes, de St-Germain-en-Laye, de Fontainebleau, de Chambord, de Blois, etc.

Les dernières planches nous montrent différentes vues de places fortes : Sedan, Metz, Verdun, etc.

Très intéressant recueil, dont la reliure porte les armes et le chiffre du roi LOUIS XIV.

94. TURPIN DE CRISSÉ (Cte T.). Souvenirs du Vieux Paris, exemples d'architecture de temps et de styles divers. Avec des notices historiques ou descriptives. *Paris,* 1835, in-fol., pl., demi-rel. mar. rouge à grains longs, dos orné, tête dor. (*Champs-Stroobants.*)

Orné de 30 belles planches lithographiées sur PAPIER DE CHINE.

95. VERSAILLES. Plans, Élévations et Vues du Château de Versailles. *Paris,* 1667-1689, in-fol., mar. rouge, dos orné, double rangée de fil., tr. dor. (*Rel. anc.*)

27 planches doubles dessinées par *Israïl Silvestre, Mansart, Cotelle,* gravées par *Silvestre, Le Pautre, Simonneau,* de vues de Versailles, château, jardins, fontaines, etc.

Le même volume renferme : 1° Fontaines et Bassins de Versailles, 18 pl. par *Le Pautre, Silvestre,* etc.

2° Termes, Bustes, Sphinx et Vases du Roy, 38 pl. par *Edelinck, Le Pautre, Le Brun*, etc.

Ensemble 83 planches.

Bel exemplaire aux armes et chiffres du roi Louis XIV.

96. VUES PITTORESQUES DES PRINCIPAUX ÉDIFICES DE PARIS. *Paris, chez les Campions frères et fils, s. d. (vers* 1789), in-4, pl., mar. rouge jans., tr. dor. (*Chambolle-Duru.*)

Très jolie suite, comprenant un titre et 110 estampes de forme ronde imprimées en couleur par *Les Campion, Guyot, Roger, Mlle Guyot*, d'après les dessins de *Testard, Sergent* et *Pernet*.

Très bel exemplaire. La planche 107 est en noir.

97. WETZEL. VOYAGE PITTORESQUE AUX LACS de Zurich, Zoug, Egeri et Wallenstadt, (— au Lac des Waldstettes ou des IV Cantons, — au Lac de Genève ou Leman). *Zurich, Orell, Fussli et Cie*, 1819-1820, 3 vol. pet. in-fol., pl., cart., tr. dor. (*Rel. de l'époque.*)

Ces trois albums, qui se complètent, en superbe état de conservation et dans leur reliure originale, sont ornés ensemble de 30 belles planches dessinées par *J. Wetzel* et gravées par *F. Hegi* et *J. Hurlimann*. Epreuves coloriées.

III. FÊTES ET CÉRÉMONIES OFFICIELLES. ESTAMPES HISTORIQUES.

98. LE SACRE ET CORONEMENT DE LA ROYNE, imprime par le Commandement du Roy nostre Sire. *On le vend a Paris en la Rue Sainct Jacques... à l'enseigne du pot cassé.* (A la fin:) *Ce present livre fut achevé d'imprimer le xvi jour de Mars* 1530 [1531 n. s.] *et est a vendre a Paris par Maistre Geofroy Tory,* in-4 de 12 ff., mar. rouge jans., tr. dor. (*Chambolle-Duru.*)

Relation du Sacre de la reine Eléonore d'Autriche, sœur de Charles-Quint, deuxième femme de François 1er, écrite par Guillaume Bochetel, dont le nom se lit au recto du deuxième feuillet.

Le volume, imprimé par *G. Tory*, est orné de deux encadrements en forme de portique, au titre et au verso du dernier feuillet, d'une grande lettre L ornée et de la marque de *G. Tory* répétée deux fois.

Très bel exemplaire.

99. LENTREE DE LA ROYNE EN SA VILLE ET CITE DE PARIS, Imprimee par le Commandement du Roy nostre Sire. *On les vend a Paris en la Rue Sainct Jacques devant Lescu De Basle, et devant Leglise de la Magdaleine, a Lenseigne du Pot Casse.* (A la fin:) *Ce present Livre fut acheve dimprimer le Mardy Neufviesme jour de May* 1531, in-4 de 24 ff., fig., mar. rouge jans., tr. dor. (*Chambolle-Duru.*)

Cette relation de l'Entrée à Paris, de la reine Éléonore d'Autriche, sœur de Charles-Quint, deuxième femme de François 1er, fut écrite par Guillaume Bochetel dont le nom se lit à la fin.

Elle a été imprimée par *G. Tory*, et est ornée de 11 encadrements de pages, gravés sur bois avec la plus parfaite élégance (5 sont répétés), d'une lettre ornée, de la marque de *Tory* répétée deux fois, et d'une charmante gravure sur bois représentant l'un des chandeliers présentés à la reine Éléonore par le prévôt des marchands et les échevins de la ville de Paris.

Très bel exemplaire.

100. Le Sacre et Couronnement du Roy Henry deuxieme

de ce nom. (*Paris*), *impr. de Rob. Estienne, s. d.* (1547), pet. in-8, fig., mar. rouge jans. (*Cuzin.*)

Pièce très rare, ornée d'une figure sur bois représentant la cérémonie dans la cathédrale de Reims. Bel exemplaire.

101. La Magnificence de la superbe et triumphante Entrée de la noble et antique cité de Lyon faicte au Tres chrestien Roy de France Henry deuxiesme de ce nom, et à la Royne Catherine son espouse le 23 de septembre 1548. *Lyon, Guillaume Roville*, 1549, in-4, fig., mar. rouge, dos orné à la grotesque, fil., tr. dor. (*Rel. anc.*)

Relation écrite par Maurice Scève en collaboration avec Claude de Taillemont.

Le volume est orné de 15 très belles gravures sur bois attribuées à *Bernard Salomon* dit le *Petit Bernard*; elles représentent les différents arcs de triomphe et décorations élevés sur le parcours du cortège. Deux figures sont particulièrement remarquables, la figure du *Capitaine à pied* et celle du *Capitaine à cheval*.

Très bel exemplaire. De la bibliothèque de L. Double.

102. C'est l'ordre qui a esté tenu a la nouvelle et joyeuse Entrée, que tres hault, tres excellent et tres puissant Prince le Roy tres chrestien Henry deuxième de ce nom à faicte en sa bonne ville et cité de Paris, capitale de son royaume, le seziesme jour de Juing 1549. *Paris, Jean Dallier, s. d.* (1549), in-4 de 38 ff. et 2 pl., mar. La Vallière, entrelacs de fil. droits et courbés, doublé de mar. bleu, semis de bouquets de lis et de chiffres, gardes en moire, tr. dor. (*Lortic.*)

Livre remarquable, un des chefs-d'œuvre de la gravure sur bois en France, au XVIe siècle. Ce volume est orné de 11 figures qui ont été tour à tour attribuées aux plus grands artistes.

A la suite : *C'est l'ordre et forme qui a esté tenue au sacre et couronnement de.... Catherine de Medicis le X Juin* 1549. Paris, Jean Dallier, s. d., in-4 de 10 ff.

Superbe exemplaire, très grand de marges, avec les planches en très belles épreuves. Riche reliure avec entrelacs et chiffres de Henri II, croissants, fleurs de lis, etc.

103. C'EST LA DEDUCTION DU SOMPTUEUX ORDRE plaisantz spectacles et magnifiques theatres dresses, et

exhibes par les Citoiens de Rouen ville metropolitaine du pays de Normandie, a la sacrée Majeste du tres christian Roy de France, Henry second leur souverain seigneur, et à tres illustre dame, ma Dame Katharine de Medicis, la Royne son espouze, lors de leur triumphant joyeulx et nouvel advenement en icelle ville, qui fut es jours de mercredy et jeudi premier et second jours d'octobre 1550. *On les vend a Rouen, chez Robert le Hoy, Robert et Jehan dictz du Gord (imprimé par Jean Le Prest le ix de Decembre)*, 1551, in-4, fig., veau fauve, dos orné, fil., tr. marbr. (*Rel. anc.*)

Livre des plus remarquables pour les 29 gravures sur bois dont il est orné.

Il est non moins intéressant pour les détails historiques qu'il renferme que pour ses illustrations. Les Rouennais s'étaient ingéniés et avaient rivalisé de zèle pour recevoir dignement Henri II et Catherine ; un des spectacles les plus intéressants consistait dans l'exhibition d'une troupe de véritables Brésiliens qui se livrèrent sous les yeux du roi et de la reine aux jeux et exercices de leur pays ; une des planches représente ces jeux et est des plus curieuses. Les autres figures, très largement gravées sur bois, ont toutes les qualités des estampes exécutées à l'époque de la Renaissance.

Bel exemplaire bien conservé, portant sur le dos de la reliure, le chiffre de Gaston d'Orléans, frère du roi Louis XIII.

De la bibliothèque de M. Guyot de Villeneuve.

104. Recueil des choses notables, qui ont esté faites a Bayonne, à l'entrevue du Roy tres chrestien Charles neufiesme de ce nom, et la Roine sa tres honorée mere, avec la Roine Catholique, sa sœur. *Paris, Vascosan*, 1566, in-8 réglé, fig., mar. bleu, dent., doublé de mar. orange, dent., tr. dor. (*Chambolle-Duru.*)

Cet ouvrage renferme la relation des fêtes qui eurent lieu à Bayonne, lors de l'entrevue de Charles IX et de sa mère d'une part, et de la Reine Elisabeth, femme de Philippe II, et du duc d'Albe, ministre de ce prince, d'autre part.

Pendant ces fêtes qui durèrent trois semaines, eurent lieu tournois, joutes, festins, bals, etc. De nombreuses pièces de vers, y furent récitées. Le volume est orné de 18 figures représentant des médaillons distribués aux dames à la suite d'un tournoi. Ces figures, d'une exécution remarquable, ont été attribuées à *Jean Cousin*.

Bel exemplaire grand de marges, provenant de la bibliothèque du baron J. Pichon.

105. PREMIER VOLUME CONTENANT QUARANTE TABLEAUX OU HISTOIRES DIVERSES qui sont mémorables touchant les Guerres, Massacres et Troubles advenus en France en ces dernières années. Le tout recueilli selon le tesmoignage de ceux qui y ont esté en personne, et qui les ont veus, lesquels sont pourtraits à la vérité. *S. l. n. d.* (*Genève, Jean de Laon,* 1569 *et années suivantes*), in-fol. obl., pl., cart. en vélin. (*Rel. anc.*)

Important recueil d'estampes historiques, représentant les troubles arrivés en France pendant les guerres de religion, sous les règnes de François II et de Charles IX. Ces estampes, dessinées par *Tortorel* et *Perissin,* ont été gravées sur bois par *Jacques le Challeux* et sur cuivre par *Perissin* et *Tortorel.*

La planche du *Tournoi ou le roi Henry II fut blessé à mort* est en triple épreuve, une sur bois avec grands personnages, une sur cuivre avec petits personnages et la même composition gravée sur bois; 2 gravures sont aussi en double avec différences dans la légende.

Ensemble 1 titre, 1 feuillet d'*Avis au Lecteur* et 44 planches (tirées sur 42 ff.), dont 18 gravées sur bois et 26 gravées sur cuivre.

Quelques mouillures.

De la bibliothèque de GUYOT DE VILLENEUVE.

106. BREF ET SOMMAIRE RECUEIL DE CE QUI A ESTÉ FAICT, et de l'ordre tenue à la joyeuse triumphante Entree de Charles IX, Roy de France, en sa bonne ville et cité de Paris. Avec le Couronnement de Madame Elizabet d'Austriche son espouse, etc. *A Paris, De l'Imprimerie de Denis du Pré, pour Olivier Codoré,* 1572, in-4, fig. sur bois, mar. bleu, dos orné, entrelacs de fil., tr. dor. (*Lortic.*)

Relation écrite par Simon Bouquet, entremêlée de vers de Dorat, de Ronsard, etc.

Les 16 gravures sur bois de ce beau volume sont dues au ciseau de *Olivier Codoré,* tailleur et graveur de pierres.

Très bel exemplaire, avec témoins, portant sur les plats de la reliure le chiffre de M. RUGGIERI. Riche reliure.

107. MAGNIFICENTISSIMI SPECTACULI, A REGINA REGUM MATRE IN HORTIS SUBURBANIS EDITI, in Henrici Regis Poloniæ invictissimi nuper renunciati gratulationem, descriptio Jo. Aurato Poeta Regio Autore. *Parisiis, ex off. Fed.*

Morelli, 1573, in-4 de 26 ff., fig., mar. rouge, dos orné de fleurs de lis, tr. dor. (*Trautz-Bauzonnet.*)

Spectacle avec ballets offert à Henri, duc d'Anjou (plus tard Henri III), par Catherine de Médicis, à l'occasion de son élection au trône de Pologne.

Le volume renferme divers dialogues en vers latins par Dorat. Il contient en outre 2 pièces de vers français de Ronsard et d'Amadis Jamyn, récitées par la Nymphe de France et par la Nymphe Angevine.

Cet ouvrage est orné de 20 figures gravées sur bois. Trois, de la grandeur de la page, représentent une allégorie sur la France, le Mont des Nymphes et la salle de verdure construite dans le jardin des Tuileries nouvellement installé par la reine Catherine ; les autres représentent les armes de Charles IX et 16 médaillons allégoriques pour chacune des nymphes. Ces très belles estampes sont attribuées à *Jean Cousin*.

De la bibliothèque du comte de Lignerolles.

108. La Somptueuse et Magnifique Entrée du très chrestien Roy Henry III de ce nom, Roy de France et de Pologne en la cité de Mantoue, avec les portraicts des choses les plus exquises, par B. D. Vig^re (Blaise de Vigenère). *Paris, Nic. Chesneau*, 1576, in-4 réglé, fig., mar. bleu, dos orné, fil. à froid, coins fleurdelisés et armes, tr. dor. (*Masson-Debonnelle.*)

Ce volume est orné de 8 planches gravées à l'eau-forte représentant six arcs de triomphe et la statue d'Œneus, fils de la nymphe Mantho, fondateur de la ville de Mantoue.

Ces planches sont attribuées pour le dessin à un des élèves de l'école du *Primatice* et pour la gravure à *Jean Rabel*.

Bel exemplaire de Ruggieri. La reliure porte les armes du roi Henri III.

109. Balet comique de la royne faict aux nopces de Monsieur le duc de Joyeuse et Mademoyselle de Vaudemont sa sœur. Par Balthazar de Beaujoyeulx, valet de chambre du Roy, et de la Royne sa mère. *Paris, Adrian Le Roy*, 1582, in-4, fig., mar. bleu, dos orné, enc. de fil., doublé de mar. rouge, fil., gardes en moire, tr. dor., étui. (*Lortic.*)

Premier opéra représenté en France. Le volume est orné de 27 planches gravées sur cuivre d'après les dessins de *Jacques Patin*. La musique, imprimée en caractères mobiles, est l'œuvre de maître Salomon aidé par Baulieu ; elle fut écrite sur les vers de La Chesnaye.

Très bel exemplaire, grand de marges, de ce rare volume.

De la bibliothèque de Ambr. Firmin-Didot.

110. Réduction miraculeuse de Paris sous l'obéissance de Henri IV et comme Sa Majesté y entra par la Porte Neuve le mardy 22 mars 1594. — Comme le Roy alla a l'Eglise de Nostre-Dame.— Comme Sa Majesté le mesme jour à la Porte St-Denis, vit sortir hors de Paris les garnisons étrangères. *Paris, Veufve Jean Le Clerc*, (1594), in-fol., mar. rouge, dos orné, fil., tr. dor. (*Chambolle-Duru.*)

Suite de 3 estampes en taille-douce représentant les divers épisodes de l'entrée de Henri IV à Paris.

Ces estampes sont gravées d'après les dessins de *N. Ballery*. Autour de chacune d'elles un long texte explicatif imprimé sur 4 colonnea.

On a relié à la suite :

1° Le Portraict de très haut... prince Henry le Grand... qui trespassa en son Palais du Louvre le vendredy 14e may, 1610. *A Paris, Chez Nicolas de Mathonière*, 1610, pl. in-fol. par *J. Briot*, représentant Henri IV mort sur un lit de parade. Texte explicatif imprimé sur trois côtés de l'estampe.

2° Le Sacre du Roy Louys trezieme faict à Reims le dimanche 17 octobre 1610.

3° Le Couronnement du Roy Louys trezieme celebre a Reims le dymanche 17 octobre 1610.

4° Lentrée du Roy Louys Trezieme, faicte à Paris le 30e octobre 1610 au retour de son sacre.

Ces 3 dernières estampes forment une série de planches gravées sur cuivre avec un texte explicatif imprimé dans le bas sur 2 colonnes.

La première planche (*le Sacre*) porte le nom de *Quesnel inv.*; la troisième le nom de *Heli du bois sculp.* et celui de *Nicolas de Mathonière excudit.*

Ensemble 7 planches fort rares, en superbe état.

111. DISCOURS DE LA JOYEUSE ET TRIOMPHANTE ENTRÉE DE HENRI IIII DE CE NOM... FAICTE EN SA VILLE DE ROUEN, capitale de la province et duché de Normandie, le mercredy saizième jour d'octobre 1596, avec l'ordre et somptueuses magnificences d'icelle, et les portraits et figures de tous les spectacles et autres choses y representez. *A Rouen, chez Raphaël Du Petit Val*, 1599, in-4 réglé, fig., mar. rouge jans., tr. dor. (*Chambolle-Duru.*)

Un des ouvrages les plus rares parmi ceux consacrés aux entrées ou cérémonies officielles. Il est orné de 19 figures sur bois, dont 10 tirées hors texte, arcs de triomphe, figures allégoriques élevés sur le passage du cortège, costumes des personnages du défilé, etc. La gravure de ces planches est attribuée à *Custodis*.

De la bibliothèque de Guyot de Villeneuve.

112. Combat a la Barrière, faict en Cour de Lorraine, le 14 febvrier en l'année presente 1627. Représenté par les discours et poésie du sieur Henry Humbert. Enrichy des figures du sieur Jacques Callot. *A Nancy, par Sébastien Philippe*, 1627, pet. in-4, front. et fig., mar. rouge, dos orné, double enc. de fil., coins ornés, tr. dor. (*Belz-Niedrée.*)

Ce charmant livre est illustré d'un frontispice, de 9 figures doubles et d'une vignette (*le bras armé*) par *Callot*, qui sont du meilleur faire du maître Lorrain.

Ce *Combat à la Barrière* fut donné à Nancy par Charles IV duc de Lorraine, en l'honneur de la duchesse de Chevreuse qui s'était réfugiée à la Cour de ce prince.

Bel exemplaire.

113. La Pompeuse et Magnifique Cérémonie du Sacre du Roy Louis XIV fait à Rheims, le 7 juin 1654, représentée au naturel par ordre de leurs Majestez. *Paris, impr. d'Edme Martin*, 1655, in-fol., pl., mar. vert, dos orné, pet. dent. et plats couverts de fleurs de lis. (*Rel. anc.*)

Ce volume est orné de trois grandes planches gravées par *Lepautre*.

L'Épître est signée par le Chevalier Avice.

Exemplaire recouvert d'une belle reliure fleurdelisée, aux armes du roi Louis XIV.

114. Courses de Testes et de Bagues faite par le Roy et par les Princes et Seigneurs de sa Cour en l'année 1662, (rédigé par Ch. Perrault). *Paris, imprimerie royale*, 1670, in-fol., pl., mar. rouge, dos orné, double rangée de fil., tr. dor. (*Rel. anc.*)

Ce beau volume, orné de 96 pl. par *Israël Silvestre* et *Chauveau*, nous donne la représentation d'une des fêtes les plus magnifiques qui furent données pendant la jeunesse de Louis XIV. Ce splendide carrousel eut lieu dans les terrains vagues qui s'élevaient à l'est des Tuileries et qui depuis, pour cette raison, ont pris le nom de place du Carrousel.

Les planches représentent l'itinéraire du cortège dans les rues Saint-Honoré, de Richelieu et Saint-Nicaise ; les figurants des différents quadrilles, les trompettes, timbaliers, palefreniers qui accompagnaient les princes et seigneurs, et enfin le Carrousel.

Bel exemplaire aux armes et chiffres du roi Louis XIV, contenant à la fin les *Vers héroïques* en latin de Esprit Fléchier, qui manquent quelquefois.

Ex-libris de Horace Walpole.

115. Les Plaisirs de l'Isle enchantée. Course de bague; Collation ornée de machines; Comédie, meslée de danse et de musique; Ballet du Palais d'Alcine; feu d'artifice: et autres festes galantes et magnifiques, faites par le Roy à Versailles, le 7 May 1664. Et continuées plusieurs autres jours. *Paris, impr. royale*, 1673, in-fol., pl., mar. rouge, dos orné, larges dent., tr. dor. (*Rel. anc.*)

Cette relation attribuée au duc de Saint-Aignan est ornée de 9 pl. par *Israël Silvestre*. On y trouve intercalée la *Princesse d'Elide*, pastorale de Molière.

Très bel exemplaire dans une riche reliure du dix-septième siècle avec dentelles autour des plats, aux armes du roi Louis XIV. Le dos de la reliure est orné du chiffre royal.

116. Relation de la Feste de Versailles du 18 juillet 1668. *Paris, Impr. Royale*, 1679, in-fol., pl., mar. rouge, dos orné, double rangée de fil., tr. dor. (*Rel. anc.*)

Fête donnée à Versailles en l'honneur de la paix signée à Aix-la-Chapelle. La relation en a été écrite par Félibien. Pendant ces fêtes on joua *George Dandin* de Molière et on dansa le *Ballet des Fêtes de l'Amour et de Bacchus* de Quinault, auquel Molière collabora.

Le volume est orné de 5 planches par *Le Pautre*.

On a relié à la suite: 1° Les Divertissemens de Versailles donnez par le Roy à toute sa cour au retour de la Conqueste de la Franche-Comté en l'année 1674. *Paris, Impr. Royale*, 1676, in-fol.

On représenta pendant ces fêtes, dont la relation est encore l'œuvre de Félibien, le *Malade Imaginaire* de Molière et divers *Opéras* de Quinault.

Le volume est orné de 6 planches par *Le Pautre* et *Chauveau*.

2° Tapisseries du Roy, ou sont representez les quatre Elémens et les quatre Saisons. Avec les devises qui les accompagnement et leur explication. *Paris, Séb. Mabre-Cramoisy*, 1679, in-fol.

Ce volume est orné de 3 frontispices, de 8 planches de tapisseries d'après *Lebrun* et de 32 planches de devises avec vers de Perrault, Charpentier, Chapelain et Cassagne.

La reliure qui recouvre ces trois ouvrages est aux armes de J. L. Usson, marquis de Bonnac.

117. LE SACRE DE LOUIS XV, Roy de France et de Navarre, dans l'église de Reims, le Dimanche XXV Octobre 1722 (texte rédigé par Danchet). *S. l. n. d.* (*Paris*, 1722), in-fol., fig., mar. rouge, dos orné, larges et riches dentelles, tr. dor. (*Padeloup.*)

Ce splendide volume, entièrement gravé, est orné de 9 grandes planches doubles par *Cochin*, *Larmessin*, *Tardieu* et *Dupuis* et de 63 gravures des costumes des grands officiers de la couronne. Chaque feuillet de texte est entouré de bordures.

Superbe reliure de *Padeloup* ornée d'une large dentelle avec riches et beaux fers, différents de ceux généralement employés pour la reliure de ce livre. Aux armes et chiffres du roi Louis XV.

118. Description des Festes données par la Ville de Paris à l'occasion du Mariage de Madame Louise-Elisabeth de France, et de Dom Philippe, infant et grand-amiral d'Espagne. *Paris, impr. P. G. Le Mercier*, 1740, in-fol., pl., mar. rouge, dos orné de fleurs de lis, pet. dent. et coins fleurdelisés. tr. dor. (*Rel. anc.*)

Orné de 13 belles planches par *Blondel* représentant les bals à l'Hôtel de Ville, les feux d'artifices sur la Seine, etc. et d'une vignette en-tête par *J. Rigaud*.

Très bel exemplaire aux armes de la Ville de Paris.

119. FÊTES PUBLIQUES données par la Ville de Paris, à l'occasion de mariage de Mgr. le Dauphin (avec Marie-Thérèse infante d'Espagne), les 23 et 26 février 1745. *S. l.* (*Paris*), 1745, in-fol., mar. rouge, dos orné, large dent., tabis, tr. dor. (*Padeloup.*)

Frontispice, titre orné par *Eisen*, texte gravé encadré et 19 grandes planches, par *Hutin*, *Cochin*, etc.

Superbe exemplaire dans une très riche reliure signée de *Padeloup*, avec larges dentelles ; dans les angles on remarque des dauphins et des fleurs de lis. Les plats de la reliure portent, au centre, les armes en mosaïque de la seconde dauphine Marie-Josèphe de Saxe.

120. Représentation des Fêtes données par la ville de Strasbourg pour la Convalescence du Roi ; à l'arrivée et pendant le séjour de Sa Majesté en cette ville. Inventé, dessiné et dirigé par J. M. Weiss, graveur de la ville de Strasbourg. *Imprimé par Laurent Aubert à Paris, s. d.*

(1745), in-fol., portr. et fig., mar. rouge, larges dent., tr. dor. (*Padeloup.*)

Titre gravé par *Marvie*, portrait de Louis XV gravé par *Wille* d'après *Parrocel*, 11 pl. gravées par *Weiss* et *Le Bas* d'après *Weiss* ; 10 ff. de texte gravé avec encadrements différents, une grande vignette en-tête et un cul-de-lampe dessinés par *Weiss*, gravés par *Marvie*.

Superbe exemplaire dans une très riche reliure, avec larges et belles dentelles, portant l'étiquette de *Padeloup*.

Les plats sont ornés au centre des ARMES ROYALES, et dans les angles de la dentelle de celles de TACHEREAU DE BAUDRY, intendant des finances.

121. FÊTE PUBLIQUE DONNÉE PAR LA VILLE DE PARIS à l'occasion du Mariage de Monseigneur le Dauphin le 13 février 1747. *Paris*, 1747, in-fol., pl., mar. rouge, dos orné avec chiffre royal couronné, pet. dent. et coins fleurdelisés, tr. dor. (*Rel. anc.*)

Titre orné, frontispice et 7 planches doubles de chars et de feu d'artifice par *Slodtz*, *Marvye*, *Benoist*, etc.

Bel exemplaire aux armes de la VILLE DE PARIS. Rare dans cet état.

122. RELATION DE L'ARRIVÉE DU ROI AU HAVRE-DE-GRACE, le 19 septembre 1749, et des fêtes qui se sont données à cette occasion. *Paris, H. L. Guérin et L. F. Delatour*, 1753, in-fol., pl., mar. rouge, dos orné, pet. dent. et coins fleurdelisés, tr. dor. (*Rel. anc.*)

Ce beau livre représentant les principales fêtes offertes au Roi dans son voyage au Hâvre après la paix d'Aix-la-Chapelle est orné de 6 pl. dessinées par *Descamps*, gravées par *Le Bas*, de 2 grandes vignettes en-têtes et d'un fleuron répété.

Très bel exemplaire aux armes du roi LOUIS XV.

123. RECUEIL DES FESTES, FEUX D'ARTIFICE, ET POMPES FUNÈBRES, ordonnées pour le Roi, par Messieurs les Premiers Gentilhommes de sa Chambre. *Paris, impr. de Ballard*, 1756, in-fol., pl., mar. rouge, dos orné de fleurs de lis, dentelles et coins fleurdelisés, tr. dor. (*Vente.*)

Titre et 13 belles planches par *C. N. Cochin* d'après *de Bonneval*, *Slodtz*, *Perot* et *Cochin*, de Cérémonies funèbres, Mariages, Feux d'artifices, etc., parmi lesquelles nous citerons : *Pompes funèbres de la Reine de Sardaigne* 1735, *de Marie-Thérèse de Lorraine* 1741, et *de Marie-Thérèse d'Espagne* 1746, — *Cérémonie du Mariage du Dauphin*, et *Décoration de la Salle de Spectacle, du Bal paré, du Bal masqué*, à l'occasion de ce mariage en 1745, — *Illuminations et feu d'artifice de Versailles*, 1739 *et de Meudon*, 1735, etc.

Ce recueil fut publié et relié par *Vente*, libraire et relieur des Menus-Plaisirs du Roi, et la belle reliure qui le recouvre porte les armoiries du roi Louis XV.

124. Sacre et Couronnement de Louis XVI, roi de France et de Navarre, à Rheims, le 11 juin 1775, précédé de Recherches sur le Sacre des Rois de France depuis Clovis jusqu'à Louis XV, et suivi d'un Journal historique de ce qui s'est passé à cette auguste cérémonie. *Paris, Vente*, 1775, in-4, pl., mar. rouge, dos orné, fil., tr. dor. (*Rel. anc.*)

Nombreuses et belles planches en taille-douce gravées par *Patas*.

Très bel exemplaire aux armes du roi Louis XVI.

125. Le Sacre de S. M. l'Empereur Napoléon, dans l'église métropolitaine de Paris, le XI Frimaire an XIII, dimanche 2 décembre 1804 (avec la description des tableaux par Etienne Aignan). *Paris, Imprimerie impériale, s. d.* (1805), in-fol., titre gravé et pl., mar. rouge à grains longs, dos orné, bandes d'ornements à froid, fil., pet. dent. et coins dorés, doublures et gardes en moire blanche avec dent., tr. dor. (*Rel. anc.*)

Somptueuse publication ornée de 39 très belles planches d'après *Isabey*, *Percier* et *Fontaine*. Cet ouvrage ne fut pas mis en vente et est devenu très rare.

Très bel exemplaire recouvert d'une riche reliure avec ornements à froid et dorés, exécutée à l'époque de la publication. Très rare dans cet état.

126. Relation des Fêtes données par la Ville de Strasbourg à leurs Majestés Impériales et Royales, les 22 et 23 janvier 1806, à leur retour d'Allemagne. *Strasbourg, de l'Impr. de Levrault*, 1806, in-fol., pl., mar. rouge, dos orné de lyres, dent., aigles impériales aux angles, doublure et gardes en tabis bleu, tr. dor. (*Rel. anc.*)

Frontispice avec portrait de Napoléon Ier, titre gravé avec portrait de Joséphine et 3 grandes planches gravées au trait par *Guerin* d'après *B. Zix*.

127. DESCRIPTION DES CÉRÉMONIES ET DES FÊTES QUI ONT EU LIEU POUR LE COURONNEMENT DE LEURS MAJESTÉS Napoléon, Empereur des Français et Roi d'Italie, et Joséphine son auguste épouse. Recueil de décorations exécutées dans l'église de Notre-Dame de Paris et au Champ de Mars, d'après les dessins et sous la conduite de C. Percier et P. F. L. Fontaine, architectes. *Paris, Leblanc,* 1807, in-fol., pl., mar. rouge à grains longs, dos orné de chiffres, dent. et fil., doublures et gardes en moire bleue, tr. dor. (*Rel. anc.*)

Les 12 planches gravées au trait, ont été peintes et rehaussées d'or (sauf les 2 plans), et constituent ainsi autant de dessins originaux. Quelques rousseurs.

Précieux exemplaire ayant appartenu à H. Destailleur et indiqué au Catalogue de sa vente comme provenant de la bibliothèque de Napoléon Ier.

Très riche reliure avec dentelles et titre de l'ouvrage sur le premier plat. Elle a dû être exécutée par *Tessier*. Le dos est orné du chiffre de l'Empereur.

128. Description des Cérémonies et des Fêtes qui ont eu lieu pour le mariage de S. M. l'empereur Napoléon avec S. A. I. l'archiduchesse Marie-Louise d'Autriche, par Ch. Percier et P.-F.-L. Fontaine. *Paris, impr. de P. Didot l'aîné,* 1810, in-fol., pl., cart., *non rogné.*

Le volume est orné de 13 planches gravées au trait d'après les dessins de *Percier* et de *Fontaine*.

129. Histoire du Sacre de Charles X, dans ses rapports avec les Beaux-Arts et les Libertés publiques de la France par F. M. Miel. *Paris, Panckoucke,* 1825, in-8, pl., mar. bleu, dos orné, dent. à la rose, tr. dor. (*Rel. du temps.*)

Bel exemplaire aux armes du duc d'ANGOULÊME, fils de Charles X.

IV. — RECUEILS DE COSTUMES.

1. Généralités.

130. AMMAN (J.). Gynæceum, sive theatrum mulierum in quo præcipuarum omnium per Europam in primis, nationum, gentium, populorumque, cujuscunque dignitatis, ordinis, etc., artificiosissimis nunc primum figuris, neq usquam antehac pari elegantia editis, expressos à Jodoco Amano. Additis ad singulas figuras singulis octostichis Francisci Modii Brug. *Francoforti, imp. Sigismundi Feyrabendii*, 1586, in-4, fig., mar. citron, dos orné, milieux de feuillage et de mosaïque, tr. dor. (*Trautz-Bauzonnet.*)

Très jolie suite de 122 figures gravées sur bois par *Jost Amman*, représentant les costumes des femmes européennes au XVIe siècle.

Très bel exemplaire du PREMIER TIRAGE.

131. BERTELLIUS (Ferd). Omnium fere Gentium nostræ ætatis habitus, nunquam ante hac editi. Ferdinando Bertelli æneis typis excudebat. *Venetiis*, 1563, in-4, mar. La Vallière, enc. de fil. et bordure à froid, tr. dor. (*Duru et Chambolle.*)

Recueil de costumes gravés sur cuivre par *Ferdinand Bertellius*.

Le volume comprend un titre gravé ornementé, et 60 pl. de costumes d'hommes et de femmes.

Bel exemplaire de la PREMIÈRE ÉDITION avec les planches AVANT LES NUMÉROS. Très rare.

132. BERTELLIUS (P.). DIVERSARUM NATIONUM HABITUS. Opera Petri Bertellii. *Patavii, apud Alciatum Alcia et Pet. Bertellium*, 1589-1591, 2 part. en un vol. pet. in-4 carré, fig., mar. citron, fil., tr. dor. (*Rel. anc.*)

Curieux recueil de costumes du seizème siècle gravés à l'eau-forte par *P. Bertellius*, d'après des documents divers.

Les deux parties comprennent ensemble 182 figures, soit 104 pour la première et 78 pour la seconde, non compris 3 grandes estampes en longueur et repliées pour les processions du pape, du doge et du sultan.

Les costumes représentés se rapportent surtout aux États Européens, principalement l'Italie et la France, mais quelques estampes nous donnent les vêtements des Indiens, des Persans, des Algériens, des habitants de l'Amérique, de la Virginie, etc.

Superbe exemplaire de la PREMIÈRE ÉDITION, en parfait état, avec les pièces de rapport qui existent pour 5 des planches.

133. BICCI. I CONTADINI DELLA TOSCANA, expressi al naturale secondo le diverse loro vestiture, in sessanta stampe a colori. *Firenze, presso N. Pagni e G. Bardi*, 1796, in-fol., demi-rel. chagrin rouge. (*Rel. anc.*)

Titre et 60 planceh s en couleurs dessinés par *A. Bicci* et gravés par *Lasinio, Cecchi, Canacci*, etc.

Jolie suite de costumes d'hommes et de femmes de toutes conditions, dans des occupations diverses.

Bel exemplaire.

134. BOISSART (R.). Mascarades recuillies (*sic*) et mises en taille douce par Robert Boissart, Valentianois. *S. l.*, 1597, in-4, mar. rouge jans., tr. dor. (*Chambolle-Duru.*)

Suite précieuse et rare composée de 24 belles planches de costumes gravées en taille-douce par *Robert Boissard*, d'après *Jean-Jacob Boissard*. Chaque planche contient deux costumes, l'un d'homme, l'autre de femme.

Superbes épreuves à très grandes marges.

135. BONNART, SAINT-JEAN, etc. COSTUMES ET PORTRAITS DU XVIIe SIÈCLE publiés par les Bonnart, Saint-Jean, Mariette, Trouvain, etc. *Paris*, 1675-1700, 5 vol. in-fol., mar. rouge jans., tr. dor. (*Chambolle-Duru*).

Importante collection de 1087 estampes, précieuses pour l'histoire du costume à la fin du dix-septième siècle.

Elle se compose de portraits des souverains de France et d'Europe, des membres de la famille royale de France, des personnages illustres et des costumes d'hommes et de femmes en usage à la cour, à la ville et au théâtre.

Ces estampes ont été surtout publiées par *Nicolas* et *Henry Bonnart*, *J. D. de Saint-Jean*, *N. Arnoult*, *Trouvain*, *Le Pautre*, *Mariette*, *Bazin*, etc., la plupart des pièces ne portant pas de nom de dessinateur ou de graveur.

Voici le détail de cette collection :

Tome 1er. Portraits de la Famille royale de Bourbon et des Personnages français, 243 planches.

Tome 2e. Portraits de Souverains et Personnages étrangers et Costumes étrangers, 190 planches.

Tome 3e. Costumes d'Hommes et de Femmes français. 261 planches.

Tome 4e. Allégories des Saisons, des Eléments, des Passions, des Pays, avec femmes en costume de l'époque ; Cris des Rues de Paris ; Paysans et Paysannes, etc. 200 planches.

Tome 5e. Costumes d'Acteurs et d'Actrices ; Costumes de divers ballets, dont celui des *Métiers* ; Personnages de la Comédie italienne, etc., 193 planches.

Ce recueil est un des plus complets qui existent, avec celui qui a fait partie de la collection du comte de Béhague.

136. CABINET DES MODES, ou les Modes nouvelles, décrites d'une manière claire et précise, et représentées par des planches en taille-douce, enluminées. *Paris, Buisson* (15 novembre) 1785-(21 décembre) 1789, 4 vol. in-8, fig. coloriées, veau marbré, dos orné, fil., tr. jaspée. (*Pagnant.*)

Collection complète de ce journal de modes qui comprend 132 numéros.

Chaque numéro est orné de 3 planches coloriées, soit séparées, soit réunies sur une ou deux feuilles. Ces planches ont été gravées par *Duhamel*, d'après *Desrais, Defraine, Pugin*, etc.

Manque la planche triple du 32e cahier du tome 3.

137. CALLOT. La Noblesse. *S. l. n. d.* (*vers* 1625), in-8, mar. rouge jans., tr. dor. (*Chambolle-Duru.*)

Douze costumes d'hommes et de femmes de la noblesse lorraine.

Belles épreuves du Premier état à toutes marges. Jolie collection.

138. CHARPENTIER (H.). Recueil des Costumes de la Bretagne et des autres Contrées de la France. Ou la mise des Habitans offre quelque singularité remarquable. *Nantes, Charpentier, s. d.* (*vers* 1836), in-4, pl., demi-rel. dos et coins de chagrin rouge à grains longs, dos orné, tête dor., *non rogné.* (*Pagnant.*)

Importante suite de costumes comprenant 120 lithographies coloriées, la plupart par *H. Charpentier fils.*

Série intéressante pour les costumes des habitants de certaines provinces de la France, principalement la Bretagne et la Normandie.

Deux couvertures de livraison différentes conservées.

139. COSTUMES FRANÇAIS ET ETRANGERS à la fin du seizième siècle et au commencement du dix-septième.

S. l. n. d. En un vol. pet. in-fol., mar. rouge, plats couverts de compartiments en losanges avec fleurs de lys et fleurons, dent., tr. dor. (*Rel. anc.*)

Précieuse suite de 44 miniatures sur VÉLIN, en largeur, exécutées en France sous le règne de Louis XIII.

La première représente Henri IV à cheval, les autres, les costumes des personnages officiels, civils et religieux, des femmes françaises et étrangères, etc. Une série intéressante est celle qui nous montre les divers moyens de locomotion en usage dans plusieurs pays. Certaines miniatures représentent plusieurs personnes ou des scènes populaires. Toutes ont une légende en lettres dorées.

Ces 44 miniatures sont montées sur 22 feuilles de papier blanc et placées dans une riche reliure au chiffre couronné de HENRIETTE DE FRANCE, fille du roi Henri IV et femme de l'infortuné Charles Ier, roi d'Angleterre. Les reliures portant ces insignes sont fort rares.

Des collections HANROTT et DEFER-DUMESNIL.

140. COSTUMES (Les) François, representans les differents etats du royaume, avec les habillemens propres à chaque etat et accompagnés de reflections critiques et morales. *Paris, Le Père et Avaulez*, 1776, pet. in-fol., mar. rouge jans., tr. dor. (*Chambolle-Duru.*)

Très beau titre orné gravé par *Arrivet* et 10 grandes planches de costumes à plusieurs personnages gravées par *Dupin*.

Au-dessous de chaque estampe une explication gravée.

141. DEBUCOURT. MODES ET MANIÈRES DU JOUR à Paris, à la fin du XVIIIe siècle et au commencement du XIXe. *Paris, s. d.* (1798-1808), gr. in-8, mar. rouge jans., tr. dor. (*Chambolle-Duru.*)

Une des plus rares et des plus curieuses collections de costumes d'hommes et surtout de femmes qui aient été publiées au commencement du dix-neuvième siècle.

Elle se compose d'un titre et de 52 planches gravées en couleur par *Debucourt*. Fenaille, *Œuvre de Debucourt*, nos 71-122.

Superbe exemplaire, très grand de marges ; plusieurs des épreuves ayant des témoins.

142. FRANÇAIS (les). Costumes des principales Provinces de la France dessinés d'après nature par MM. Gavarni, H. Monnier, E. Lami, Louron, Geniole, H. Emy. Lithographiés par MM. Pauquet et V. Coindre. *Paris, L. Curmer,*

(*lith. de Thierry frères*), *s. d.* (*vers* 1840), in-4, pl., demi-rel. dos et coins de mar. rouge, dos orné, tr. dor. (*Champs-Stroobants.*)

Orné d'un titre colorié et de 16 lithographies en double état, l'un en noir sur PAPIER DE CHINE et l'autre COLORIÉ. Très rare.

Costumes normands, bretons, marseillais, arlésiens, basques, etc.

143. FRANCO (G.). HABITI D'HUOMENI ET DONNE VENETIANE, con la processionne della Ser[ma] Signoria et altri particolari cioẽ Trionfi Feste et Cerimonie Publiche della Nobilissima Citta di Venetia. *Giacomo Franco Forma in Frezzaria al insegna del sole con Privilegio, s. d.* (1610), in-4. — LA CITTA DI VENETIA con l'origine et governo di quella, et i Dogi che vi sono stati, con tutti le cose notabili, che di tempo in tempo vi sono avuenute dal principio della sua edificatione, sino à questi tempi, col reale intaglio in Rame dé piu nobili Edificii, et luoghi notabili, et da Solennita, et da piaceri, che in essa vi siano. Estratte dall' Opere di Gioan. Nicolò Doglioni. Parte seconda. *In Venetia,* 1614, *appresso Antonio Turini, ad istanza di Giacomo Franco,* in-4. Ens. 2 part. en un vol. in-4, pl., mar. rouge jans., tr. dor. (*Chambolle-Duru.*)

Habiti. — Titre gravé, avec vue de Venise, dédicace à Vincent Gonzague de Mantoue, datée du 1er janvier 1610, et 28 figures de costumes, scènes de mœurs, réjouissances, etc., gravées par *Giacomo Franco* et tirées sur 22 ff.

La Citta di Venetia. — Titre avec vue des lagunes de Venise, 5 ff. de texte imprimés pour la dédicace à Ferdinand de Gonzague, la liste des doges, etc., 19 planches de vues de monuments, portraits de courtisanes, cérémonies religieuses et publiques, etc., gravées par *Franco.* Cette seconde partie est très rare.

144. — HABITI DELLE DONNE VENETIANE intagliate in rame nuovamente da Giacomo Franco. *S. l. n. d.* (*Venetia, vers* 1610), in-4, pl., mar. rouge jans., tr. dor. (*Chambolle-Duru.*)

Titre gravé avec vue de Venise, 20 ff. de texte chiffrés et 19 planches numérotées gravées par *Franco* représentant des Vénitiens et des Vénitiennes dans de riches costumes. Très rare.

145. FREUDEBERG. SUITE D'ESTAMPES pour servir à l'Histoire des Mœurs et du Costume des François dans le dix-huitième siècle. Année 1774. *Paris, impr. de J. Barbou*, 1774, in-fol., pl., mar. rouge, dos orné à la grotesque, fil., tr. dor. (*Rel. anc.*)

Précieux exemplaire contenant le texte complet et la suite des estampes de *Freudeberg* en superbes épreuves avec la lettre et avec la TABLETTE BLANCHE.

146. GALARD (G. de.). RECUEIL DES DIVERS COSTUMES des Habitans de Bordeaux et des Environs ; dessinés d'après nature et gravés par M. G. de Galard ; précédés de notices rédigées par M. S. E. Géraud. *A Bordeaux, s. d.* (*vers* 1820), in-4, pl., demi-rel. veau, tr. peigne. (*Rel. de l'époque.*)

Suite complète de 32 planches de costumes bordelais, gravées par *P. Le Roy* d'après *G. de Galard* et 32 pages de texte explicatif.

Bel exemplaire avec les planches coloriées.

147. GALLERIE DES MODES ET COSTUMES FRANÇAIS dessinés d'après nature, gravés par les plus célèbres artistes en ce genre. Ouvrage commencé en l'année 1778. *Paris, Esnauts et Rapilly, s. d.* (1778-1787?), 3 vol. in-fol., pl., mar. rouge, dos orné, fil., tr. dor. (*Chambolle-Duru.*)

Le plus important et le plus beau des recueils de costumes et de coiffures de l'époque Louis XVI.

Cet exemplaire renferme, en dehors du *Titre gravé*, des 22 ff. d'*Introduction* et de *Description* et du f. de *Privilège*, 320 planches (sur 317 feuilles) dessinées par *Desrais, Leclerc, Watteau fils*, etc. et gravées par *Dupin, Voysard, Patas, Lebeau*, etc.

La numérotation commence à la pl. 1 et se termine par le nº 408.

Superbes épreuves non coloriées. Très rare aussi complet.

148. GALLERY OF FASHION. *London, N. Heideloff, avril* 1794-*mars* 1803, 9 tomes en 3 vol. in-4, front. et pl., mar. rouge, dos orné, enc. de 9 fil. autour des plats, tr. dor. (*Chambolle-Duru.*)

Cet ouvrage est un des plus remarquables recueils de costumes publiés en Angleterre. Ces 9 volumes contiennent outre 9 titres ornés,

217 planches (avec 362 modèles) donnant chacune la représentation de 2 ou 3 riches costumes féminins.

Ces planches en couleur offrent cette particularité qu'elles ne sont pas comme dans la plupart des publications faites à cette époque, la copie plus ou moins modifiée de costumes parisiens, mais bien des costumes originaux à l'usage des dames anglaises.

Très bel exemplaire complet, en parfait état.

149. HOLLAR (W.). Ornatus Muliebris Anglicanus or the severall Habits of English Women, from the Nobilitie to the contry Woman, as they are in these times Wenceslaus Hollar, Bohemus fecit Londini A° 1640. *London, R. Sayer*, in-4, mar. vert, fil. à froid, tr. dor. (*Rel. anc. angl.*)

Titre gravé et 26 jolies planches de costumes des femmes anglaises, gravées par *Hollar*.

150. — Theatrum Mulierum sive varietas atque differentia habituum fœminei sexus diversorum Europæ nationum hodierno tempore vulgo in usu a Wenceslao Hollar, etc. Bohemo delineatæ et aqua forti æri sculptæ. Londini A° 1643. *London, H. Overton*, in-4 obl., mar. bleu, fil. à froid, tr. dor. (*Chambolle-Duru.*)

Jolie suite de costumes gravée à l'eau-forte se composant d'un titre et de 48 planches tirées à 2 sur la même feuille.

151. LANTÉ. Costumes des Femmes de Hambourg, du Tyrol, de la Hollande, de la Suisse, de l'Espagne, etc., dessinés la plupart par M. Lanté, gravés par M. Gatine et coloriés. Avec une explication pour chaque planche. *Paris, (impr. de Crapelet)*, 1827, pet. in-fol., pl., demi-rel. chagrin vert, ébarbé, couv.

Très belle suite de 100 planches de costumes, gravées par *Gatine*, d'après *Lanté, H. Vernet*, etc. Épreuves coloriées.

Premier plat de la couverture conservé.

152. LANTE et PÉCHEUX. COSTUMES DES FEMMES des Départements de la Seine-Inférieure, du Calvados, de la Manche et de l'Orne. (*Paris et Caen, vers* 1827), 2 vol. in-fol., pl., mar. rouge à grains longs, dos orné, fil., tr. dor. (*Chambolle-Duru.*)

Suite complète de un titre par *Lanté* et 105 DESSINS ORIGINAUX par

Lanté (80) et *Pécheux* (25) des Costumes des habitants de la Normandie.

Ces dessins, très finement exécutés à l'aquarelle, ont été gravés par *Gatine*. Superbe collection.

On y joint le texte explicatif de ces dessins, relié en un volume in-4, demi-rel. dos et coins de mar. rouge, *non rogné*, couv.

153. LANTÉ. Cent cinq Costumes des Départements de la Seine-Inférieure, du Calvados, de la Manche et de l'Orne. *Paris, Durand aîné et Caen, Mancel, s. d.* (*vers* 1827), in-4, demi-rel. dos et coins de chagrin rouge à grains longs, dos orné, tête dor, *nonrogné*. (*Pagnant.*)

Suite complète comprenant 1 titre et 105 pl. dessinés par *Lanté* et *Pécheux*, gravés par *Gatine*.

Belles épreuves de PREMIER TIRAGE, très bien coloriées.

154. — Galerie française de Femmes célèbres par leurs talens, leur rang ou leur beauté. Portraits en pied, dessinés par M. Lanté ; gravés par M. Gatine et coloriés avec soin ; avec des notices biographiques et des remarques sur les habillemens ; ouvrage édité par M. de La Mésangère. *Paris, Le Roi* (*impr. de Crapelet*), 1841, in-4, demi-rel. chagrin. (*Rel. de l'époque.*)

Cet ouvrage est orné de 70 planches de costumes féminins, gravés par *Gatine* d'après *Lanté*. Épreuves coloriées.

155. — Haute et Moyenne Classes. *S. l. n. d.* (*Paris, vers* 1830), in-4, demi-rel. dos et coins de chagrin rouge à grains longs, dos orné, tête dor., *non rogné*. (*Pagnant.*)

Suite complète de 14 planches de costumes féminins, dessinées par *Lanté* et gravées par *Gatine*. Épreuves coloriées.

156. — LES OUVRIÈRES DE PARIS. *S. l. n. d.* (*Paris, vers* 1830), in-4, demi-rel. dos et coins de chagrin rouge à grains longs, dos orné, tête dor., *non rogné*. (*Pagnant.*)

Suite complète de 47 planches dessinées par *Lanté* et gravées par *Gatine*. Épreuves coloriées.

157. — Travestissements. *S. l. n. d.* (*Paris, vers* 1830), in-4, cart.

Suite complète de 22 planches de travestis féminins, dessinées par *Lanté* et gravées par *Gatine*. Épreuves coloriées.

158. MODES DE PARIS. Costumes d'Enfans. *S. l. n. d.* (*Paris, vers* 1810), in-4, pl., demi-rel. veau, dos orné, tr. marbrée. (*Rel. du temps.*)

Suite complète de 24 planches gravées et coloriées (numérotées 1 à 24) de costumes d'enfants s'amusant à des jeux divers, à l'époque du premier Empire.

Les quatre couvertures de livraisons ont été conservées.

Cette suite, sans nom d'auteur, est fort rare ; elle paraît être l'œuvre de *Boilly* ou de *Bosio*.

159. MOREAU LE JEUNE et FREUDEBERG. SUITE D'ESTAMPES POUR SERVIR A L'HISTOIRE DES MŒURS ET DU COSTUME DES FRANÇOIS, dans le dix-huitième siècle. Année 1775. *A Paris, de l'impr. de Prault*, 1775, in-fol. — SECONDE SUITE D'ESTAMPES POUR SERVIR A L'HISTOIRE DES MODES ET DU COSTUME en France, dans le dix-huitième siècle. Année 1776. *A Paris, de l'impr. de Prault*, 1777, in-fol. — TROISIÈME SUITE D'ESTAMPES POUR SERVIR A L'HISTOIRE DES MODES ET DU COSTUME en France, dans le dix-huitième siècle. Année 1783. *A Paris, de l'impr. de Prault*, 1783, in-fol. Ens. 3 part. en un vol. in-fol., pl., mar. rouge, dos orné, fil., tr. dor. (*Chambolle-Duru.*)

Magnifique ouvrage orné d'estampes, chef-d'œuvre de *Moreau le jeune* et de la gravure au siècle dernier.

Très rare exemplaire bien complet du texte des 3 parties et des 36 estampes de *Freudeberg* (12) et de *Moreau le jeune* (24).

Les estampes de *Moreau* sont en superbes épreuves, avec les lettres A. P. D. R. (Avec Privilège du Roy).

On a ajouté 2 estampes de *Freudeberg* en épreuves du PREMIER TIRAGE avec l'encadrement et les légendes : l'*Heureuse Union* et les *Mœurs du Temps* ; ces estampes, lorsqu'elles sont jointes aux estampes de *Moreau* dans l'édition de *Neuwied*, 1789, ont l'encadrement supprimé et s'appellent *la Matinée* et *la Surprise*.

160. — SECONDE SUITE D'ESTAMPES, pour servir à l'histoire des Modes et du Costume en France, dans le XVIIIe siècle. Année 1776. *A Paris, chez M. Moreau, graveur du Cabinet du Roi*, (1777), in-8, mar. rouge, fil., tr. dor. (*Thibaron-Joly.*)

Réduction en contre-partie des douze estampes in-folio composant la

Seconde suite d'estampes du Costume. Ces petites planches ont été gravées par *Camligue, Guttenberg, Lorieux,* etc. Très jolie suite.

Très belles épreuves à toutes marges, avec le titre.

On a ajouté le portrait de *Moreau le jeune,* gravé par *A. de Saint-Aubin* d'après *Cochin.*

Ex-libris Eug. PAILLET.

161. RECUEIL DE LA DIVERSITÉ DES HABITS, qui sont de present en usage, tant es pays d'Europe, Asie, Affrique et Isles sauvages, le tout fait après le naturel. *Paris, impr. de Richard Breton,* 1562, pet. in-8, fig., mar. rouge, milieux, tr. dor. (*Trautz-Bauzonnet.*)

Ce volume est orné de 121 figures de costumes très bien gravés sur bois. On y trouve représentés les Français, Italiens, Anglais, Flamands, Suisses, Espagnols, Africains, Arabes, l'Indien, l'Indienne, le Brésilien, la Brésilienne, etc., etc.

Chaque figure est accompagnée d'un quatrain de François Deserpz (Desprez ?) dont le nom se lit à la dédicace.

Très bel exemplaire de l'ÉDITION ORIGINALE ; le texte est imprimé en caractères de civilité.

162. RECUEIL GÉNÉRAL DE COEFFURES de différents goûts, où l'on voit la manière dont se coëffoient les Femmes, sous différents règnes, suivi d'une collection de Modes Françoises contenant les différents Habillemens et Coëffures des Hommes et des Femmes, la plus complètte qui ait paru en ce genre. *Paris, Desnos, s. d.* (1778), in-8, titre encadré et pl., mar. rouge jans., tr. dor. (*Chambolle-Duru.*)

Ce recueil comprend 2 parties, la première contient 48 médaillons offrant des modèles de coiffures et 48 pp. de texte gravé.

La seconde, qui a trait aux modes et aux habillements, comprend 48 figures avec autant de costumes d'hommes et de femmes en pied.

Bel exemplaire.

163. REINHARD (J.). COLLECTION DE COSTUMES SUISSES des XXII Cantons, peints par J. Reinhard de Lucerne. *Basle, Birmann et Huber,* 1819, in-4, chagrin rouge à grains longs, tr. jaunes. (*Rel. du temps.*)

Très beau recueil de costumes renfermant 46 planches coloriées, représentant les habitants des différents cantons dans leurs occupations diverses.

Chaque planche est accompagnée d'un texte explicatif.

Intéressante série. Bel exemplaire. Rare complet.

164. SAINT-AUBIN (Augustin de). Mes Gens ou les Commissionnaires ultramontains au service de qui veut les payer. *Paris, Basan, s. d.* (*vers* 1785), pet. in-folio, demi-rel. veau, tête dor., *non rogné.* (*Pagnant.*)

Suite complète comprenant un titre et 6 planches gravées par *J.-B. Tillard* d'après *A. de St-Aubin*. Épreuves AVANT LA LETTRE.

165. SAINT-IGNY. DIVERSITEZ D'HABILLEMENS à la Mode. Naifvement portraits sur la differente condition de la Noblesse, des Magistrats, et du tiers estat. *Paris, Estienne Dauvel,* 1630, in-4, fig., mar. rouge jans., tr. dor. (*Chambolle-Duru.*)

Titre et 12 planches gravés par *Briot* d'après *Saint-Igny*, en épreuves du premier état avec l'adresse de *Dauvel.*

Neuf planches seulement de cette suite sont décrites dans Robert Dumesnil (*Œuvre de Briot*, 151-159).

A la suite : 3 estampes représentant des Fumeurs, gravées d'après *Saint-Igny* par *Briot*, *A. Bosse* et *M. Lasne.*

166. — LE JARDIN DE LA NOBLESSE FRANÇOISE dans lequel ce peut ceuillir (*sic*) leur manierre de Vettements. *A Paris, chez Melchior Tavernier*, 1629, in-4, fig., mar. rouge jans., tr. dor. (*Chambolle-Duru.*)

Très jolie suite de costumes comprenant un titre et 17 planches gravées par *Abraham Bosse* d'après *Saint-Igny*. (G. Duplessis. *Œuvre de Abraham Bosse*, 1301-1318).

On y a joint 10 dessins originaux dont 9 ont été gravés pour cette suite et 1 est resté inédit.

167. — La Noblesse Françoise à l'Eglise. Invantée par le Sieur de S. Igny. *Paris, chez l'Auteur, s. d.* (*vers* 1625), gr. in-8, mar. rouge jans., tr. dor. (*Chambolle-Duru.*)

Suite complète d'un titre et de 12 figures, hommes et femmes dans de jolis costumes de l'époque Louis XIII. Ces figures ont été gravées par *A. Bosse*. (G. Duplessis. *Œuvre de Abraham Bosse*, 1319-1331).

Belles épreuves du PREMIER TIRAGE à très grandes marges.

168. — LE THÉATRE DE FRANCE contenant la diversitez des habits selon les qualitez et conditions des personnes. *Paris, Estienne Dauvel*, 1629, in-4, mar. rouge jans., tr. dor. (*Chambolle-Duru.*)

Titre et 21 planches de costumes gravés par *Briot* d'après *Saint-Igny*. (Robert Dumesnil, *Œuvre de Briot*, 129-150).

Belles épreuves du premier état, avant les fonds, à toutes marges.

169. TROUVAIN. LES APPARTEMENTS DU ROI LOUIS XIV, par A. Trouvain. *Paris, s. d.* (*vers* 1685), in-fol., mar. rouge, dos orné, fil., tr. dor. (*Chambolle-Duru.*)

Suite complète de 6 curieuses planches dessinées ? et gravées par *A. Trouvain*, représentant le Roi et les membres de la famille royale occupés à divers jeux : 1° les billes, 2° les cartes, 3° le billard, 4° le théâtre, 5° le concert, 6° le buffet.

Ces estampes, animées de nombreux personnages, sont du plus grand intérêt non seulement pour les portraits de tous les membres de la famille royale, mais aussi pour les costumes et les usages de la Cour du roi Louis XIV.

Très belles épreuves. Très rare.

170. VECELLIO (Cesare). De gli Habiti antichi, et moderni de diverse parti del Mondo libri due, fatti da Cesare Vecellio, et con discorsi da lui dichiarati. *In Venetia, Damian Zenaro*, 1590, in-8, fig., mar. rouge, dos orné, fil., tr. dor. (*Rel. anc.*)

Ce recueil renferme 420 figures de costumes, gravées sur bois. Ces planches ont été dessinées par *Cesare Vecellio*, peintre habile, cousin du Titien, et gravées par *Christoforo Guerra*, ou plus exactement *Christophe Krieger* de Nüremberg.

Chacune des planches est entourée d'un élégant encadrement.

Très bel exemplaire de la PREMIÈRE ÉDITION.

171. — Costumes anciens et modernes. Habiti antichi et moderni di tutto il mondo di C. Vecellio. *Paris, Didot*, 1860, 2 vol. in-8, fig., demi-rel. dos et coins de mar. brun, *non rognés*, couv. (*Champs.*)

Exemplaire imprimé sur PAPIER DE CHINE.

172. VERNET (Carle). COLLECTION DE COSTUMES dessinés d'après nature par C^le Vernet, et gravés par Debucourt. *Paris, C. Bance et London, s. d.* (*vers* 1815), in-fol., mar. rouge jans., tr. dor. (*Chambolle-Duru.*)

Collection complète des 42 planches dessinées par *Carle Vernet*, gravées par *Debucourt* et coloriées, de costumes civils et militaires et scènes de mœurs.

On a joint les 14 planches supplémentaires de même format et de même facture par les mêmes artistes. Ensemble 56 planches. Fenaille, *Œuvre de Debucourt*, n°s 335-390.

En tête la couverture de livraison, et à la fin 2 feuilles de texte en français et en anglais. Quelques planches sont remargées.

173. VERNET (Horace). INCROYABLES ET MERVEILLEUSES. (*Paris, vers* 1820), in-fol., demi-rel. dos et coins de chagrin bleu à grains longs, dos orné.

Suite complète de 33 estampes de costumes d'hommes et de femmes, gravées par *Gatine* d'après *Horace Vernet.*

On y joint 2 planches numérotées 22 et 1 pl. numérotée 31, différentes. Ensemble 36 pièces.

Belles épreuves coloriées à grandes marges.

174. WATTEAU (Ant.). Figures françoises et comiques nouvellement inventées par M. Watteau, Peintre du Roy. *Se vendent à Paris, chez le Sr du Change, graveur du Roy et chez Jeaurat, s. d.* (*vers* 1720), pet. in-8, veau fauve, petite dent., tr. dor. (*Rel. anc.*)

Très jolie suite comprenant un titre dans un cartouche, gravé par *Hecquet* et 6 pl. gravées par *Desplaces* et *Thomassin.*

On a relié dans le même volume :

1° Figures de Modes dessinées et gravées à l'eau-forte par Watteau et terminées au burin par Thomassin le fils. *A Paris, chez Duchange et chez Jeaurat, s. d.* (*vers* 1720). Suite de un titre et 12 pièces gravées par *Watteau, Cochin, Jeaurat.* Belles épreuves avec le nom seul des artistes, sans autre lettre.

2° Figures à la mode par Sébastien Leclerc. *Paris, Jeaurat, s. d.* (*vers* 1700). Suite de 20 pièces numérotées, y compris le titre AVANT LA LETTRE.

3° 12 figures de *Bernard Picart* de costumes masculins et féminins, gravées en 1706 et 1708.

Ce joli recueil provient des ventes BRISARD et GUYOT DE VILLENEUVE.

2. CRIS DE PARIS, DE VIENNE ET DE LONDRES.

175. BOSSE (A.). Les Cris de Paris. *Paris, Le Blond, s. d.* (*vers* 1635), in-4, mar. rouge jans., tr. dor. (*Chambolle-Duru.*)

Suite complète de 12 planches gravées par *A. Bosse.* Rare.

Savigny de Moncorps. *Petits Métiers et Cris de Paris,* p. 28.

176. BOUCHARDON. ETUDES PRISES DANS LE BAS PEUPLE ou les Cris de Paris par Bouchardon. *Paris, Fessard,* 1737-1746, in-4, mar. bleu, dos orné, fil., tr. dor. (*Capé, Masson-Debonnelle srs.*)

Ce rare recueil se compose de 60 planches publiées en 5 séries de 12 planches chacune, représentant les types des différents marchands et ouvriers ambulants de Paris. Ces planches, dessinées par *Bouchardon*, ont été gravées à l'eau-forte par *Caylus* et terminées par *Fessard*.

Bel exemplaire grand de marges.

Savigny de Moncorps, p. 31.

177. BOUCHER (Fr.). Les Cris de Paris, par F. Boucher. *A Paris, chez Huquier, s. d.* (*vers* 1750), in-4, demi-rel. dos et coins de chagrin rouge à grains longs, dos orné, tête dor. (*Pagnant.*)

Belle collection de 12 estampes numérotées de 1 à 12, gravées par *Ravenet* et *Lebas*.

Savigny de Moncorps, p. 31.

178. BREBIETTE. Les Cris de Paris dessinés et gravés à l'eau-forte par P. Brébiette. *S. l. n. d.* (*Paris*), *Jac. Honervogt, exc.* (*vers* 1640), in-4, pl., vélin. (*Rel. anc.*)

Suite complète de 42 estampes intéressantes pour les mœurs parisiennes au XVIIe siècle ; quelques-unes portent le monogramme de l'artiste. Très rare.

Savigny de Moncorps, p. 29.

179. CRIS de Paris au seizième siècle. Dix-huit planches gravées et coloriées du temps, reproduites en fac-simile d'après l'exemplaire unique de la Bibliothèque de l'Arsenal par Adam Pilinski. Avec une notice historique sommaire par M. Jules Cousin. *Paris, Vve Ad. Labitte*, 1885, pet. in-4, fig., cart., *non rogné.*

Edition tirée à 80 exemplaires, avec de curieuses planches coloriées.

La notice renferme une nomenclature des différentes suites des Cris de Paris publiées depuis le dix-septième siècle.

180. JOLY. Les Petits Acteurs du grand Théatre ou Recueil de divers Cris de Paris (dessinés par Joly d'après nature). *A Paris, chez Martinet, s. d.* (*vers* 1815), in-4, mar. rouge jans., tr. dor. (*Chambolle-Duru.*)

Suite complète de 60 planches coloriées de costumes parisiens. Elle est précédée de 5 ff. de texte.

Très bel exemplaire relié sur brochure.

Savigny de Moncorps, p. 38.

181. POISSON. Cris de Paris, dessinés d'après nature, par

M. Poisson. *Paris, chez l'auteur, s. d.* (1775), in-8, veau marbré. (*Rel. anc.*)

Recueil comprenant un titre gravé et 72 planches publiées en 12 cahiers. Très bel exemplaire avec les épreuves coloriées. Très rare.
Savigny de Moncorps, p. 32.

182. ROEHN. Nouveaux Cris de Paris, dessinés d'après nature, et exécutés d'après les procédés lithographiques de G. Engelmann, par Roehn. *Paris, Nepveu* (*lith. de Engelmann*), 1817, in-4, demi-rel. dos et coins de chagrin rouge à grains longs, dos orné, tête dor., *non rogné*, couv. (*Pagnant.*)

Suite complète de 10 lithographies par *A. Roehn.* Épreuves coloriées.

183. VERNET (Carle). Les Cris de Paris dessinés d'après nature par Carle Vernet. *Paris, Delpech, s. d.* (*vers* 1815), in-4, demi-rel. veau fauve, dos orné. (*Rel. de l'époque.*)

Suite complète d'un titre et de 100 lithographies par *Carle Vernet.* Épreuves coloriées.
Savigny de Moncorps, p. 40.

184. WATTEAU (Louis). CRIS ET COSTUMES DE PARIS. *A Paris, chez les Campion frères, s. d.* (1786), pet. in-4, demi-rel. mar. orange, tête dor. (*Quinet.*)

Suite complète, de 6 estampes gravées par *Guyot*, et imprimées en couleur : Le Marchand d'Orviétan, la Marchande d'Oranges, Marchande de Modes, Jeune Élégant,... la Marchande d'Huîtres, la Marchande de Bouquets.
Ces estampes sont de toute fraîcheur, avec grandes marges, et en très bel état de conservation.
On ne connait de cette jolie suite que 4 ou 5 exemplaires.
De la bibliothèque du baron J. Pichon.
Savigny de Moncorps, p. 33.

185. WATTIER. Les Cris de Paris, avec accompagnement de musique, dessinés par Vathier (*sic*). *Paris,* (*lith. de*) *Engelmann, s. d.* (*vers* 1830), pet. in-4, demi-rel. dos et coins de chagrin bleu à grains longs, dos orné en mosaïque, *non rogné* (*Pagnant.*)

Suite complète de 1 titre et 12 lithographies par *Wattier.* Épreuves coloriées.

186. BRAND. Cris de Vienne. Etudes prises dans le bas peuple et principalement les Cris de Vienne. *S. l.*, 1775, in-fol., demi-rel. anc.

Suite des *Cris de Vienne* comprenant un titre gravé et 40 planches numérotées dessinées par *L. Brand*, gravées à l'eau-forte par *Schütz, Feigel, Mark, F. Brand, Mansfeld*, etc.

Très belle suite avec les épreuves coloriées avec très grandes marges.

187. WHEATLEY (F.). THE ITINERANT TRADES OF LONDON, in thirteen Engravings, by the first artists, after Paintings by Wheatley. *London, Colnaghi and C°, s. d.* (1793-1797), in-fol., pl., mar. rouge, dos orné, enc. de 7 fil. autour des plats, tr. dor. (*Chambolle-Duru.*)

Suite complète composée de un titre imprimé et de 13 belles estampes de *F. Wheatley* gravées par *Schiavonetti, Cardon, Vendramini* et *Gaugain*.

Cette collection rarissime est connue sous le nom de *Cries of London*.

Superbes épreuves à toutes marges tirées en bistre et en noir.

3. Costumes de Théatre.

188. BELLANGE (Jacques). Costumes de Théâtre dessinés par Bellange. *Paris, Rocher, s. d.* (*vers* 1630), pet. in-4, vélin.

Ce recueil comprend 30 planches en deux suites numérotées.

La première, composée de 10 planches, représente divers costumes d'acteurs : Arlequin, Trivelin, Scaramouche, etc. La seconde, composée de 20 planches, représente les sauteurs et danseurs de corde, la petite Angloise, l'Holandoise, l'Anglois, le Turc, etc.

Jacques Bellange était originaire de Nancy.

189. CHARNOIS (Le Vacher de). Costumes et Annales des Grands Théatres de Paris (en figures au lavis et coloriées. Ouvrage destiné à représenter le costume exact de nos comédiens les plus éclairés, à relever les erreurs des faux costumes, à offrir des modèles à ceux inconnus ou altérés, etc. Par M. de Charnois). *Paris, Janinet*, 1786-1789, 7 vol. in-8, portr. et fig., demi-rel. veau fauve. (*Rel. anc.*)

Cet ouvrage périodique, commencé par M. d'Auberteuil et continué par Le Vacher de Charnois, a régulièrement paru du 15 avril 1786 jusqu'au 8 novembre 1789, où il fut arrêté du plein gré de Charnois.

Il comprend 176 numéros avec autant de portraits d'acteurs et d'actrices imprimés en couleurs ou gravés au lavis, par *Janinet, Chapuis, Guyot*, etc., d'après *Berthault, Dutertre, Le Barbier*, etc. On y voit aussi quelques scènes de théâtre, des costumes d'acteurs et des accessoires.

Parmi les portraits citons ceux de Mlles Raucourt, St-Huberti, Contat, Guimard, Colombe, Dugazon, Vestris, Favart, Sophie Arnould, etc.

On a ajouté en frontispice le beau portrait de l'auteur gravé par *Alix* d'après *Violet*, imprimé en couleur.

190. COLIN et MARIN. Portraits d'Acteurs et d'Actrices dans différents rôles. *Paris, F. Noël et Cie (lith. de Motte, Constans, etc.), s. d. (vers* 1825), in-fol., veau bleu, fil., tr. dor. (*Rel. angl. du temps.*)

Beau recueil de 70 planches lithographiées donnant des portraits d'acteurs et d'actrices dans différents rôles. Ces planches ont été dessinées par *A. Coli* et *L. Marin*.

191. GALERIE THÉATRALE ou Collection des Portraits en pied des principaux Acteurs (et Actrices) des trois premiers Théâtres de la Capitale. Gravé par les plus célèbres artistes. Imprimé en noir et en couleur. *Paris, Bance*, (*vers* 1820), 3 vol. in-4, pl., demi-rel. veau, *non rognés*. (*Rel. de l'époque.*)

Titre et 144 portraits coloriés, d'acteurs et d'actrices, dans leurs principaux rôles. Beaucoup de pièces ont été gravées par *Prudhon fils*.

Superbes épreuves d'une remarquable fraîcheur et qualité. Le tome 3 est très rare.

192. LECOMTE (Hipp.). Costumes de Théâtre de 1670 à 1820, par Hte Lecomte. *Paris, Lith. de Delpech, s. d.* (*vers* 1825), pet. in-fol., pl., demi-rel. dos et coins de mar. rouge à grains longs, dos orné, *non rogné*. (*Thompson.*)

Suite complète de 104 lithographies coloriées. Reliure de l'époque.

193. MARTIN (J. B.). COLLECTION DE FIGURES THÉATRALES. Inventées et gravées par Martin, cy-devant dessinateur des habillemens de l'Opéra. *Paris, chez l'auteur, s. d.* (*vers* 1760), in-fol., pl., cart. en vélin moderne, chiffre.

Suite complète comprenant un titre gravé et 20 planches de costumes de ballets. Très rare.

Exemplaire de la bibliothèque des frères de GONCOURT.

4. Costumes militaires.

194. BELLANGÉ. Uniformes de l'Armée Française depuis 1815 jusqu'à ce jour, par H. Bellangé. *Paris, Gihaut frères, (lith. de Villain), s. d.* (1831), in-4, demi-rel. dos et coins de chagrin violet, tr. jaunes. (*Rel. de l'époque.*)

Collection complète de 116 lithographies coloriées par *Hte Bellangé.* La planche 26 est en double, en noir. Couverture de livraison placée en tête de l'ouvrage.

On a relié à la suite : 14 planches coloriées de *Costumes militaires,* gravées par *Debucourt* d'après *C. Vernet,* faisant partie de la Collection de Costumes par Vernet et Debucourt publiée vers 1815 (voir n° 172).

Quelques-unes de ces planches ont la légende un peu rognée.

195. CHARLET. L'Empereur et la Garde Impériale par Charlet. Avec un précis historique sur la Garde et une notice sur les Officiers généraux et supérieurs qui en ont fait partie par M. Adrien Pascal. *Paris, Perrotin (impr. d'Aug. Bry),* 1853, in-fol., pl., demi-rel. mar. bleu.

46 lithographies coloriées. Très belles épreuves du premier coloris.

Plusieurs planches donnent le portrait de Napoléon Ier à différents âges.

196. GÉRARD-FONTALLARD. Costumes Patriotiques ou Souvenirs des 27, 28, 29 Juillet 1830, par H. Gérard-Fontallard. *Paris, Dauty, (lith. de Lemercier),* in-4, cart., *non rogné,* couv.

Suite complète de 6 lithographies par *Gérard-Fontallard.* Epreuves coloriées.

197. LAMI (Eug.). Collection des Armes de la Cavalerie française en 1831 (1834), par Eugène Lami. *Paris, Neuhaus, (lith. de Villain), s. d. (vers* 1835), in-fol. obl., demi-rel. dos et coins de chagrin rouge à grains longs, dos orné, tête dor., *non rogné.* (*Pagnant.*)

Collection complète de 10 lithographies par *Eug. Lami,* représentant les différents corps de la Cavalerie française au début du règne de Louis-Philippe.

Ces dix planches, d'une grande rareté, comprennent 37 sujets relatifs aux costumes des carabiniers, cuirassiers, dragons, lanciers, chasseurs, hussards, etc.

Très belles épreuves coloriées.

De la collection de A. Millot.

198. MARTINET. COSTUMES DES TROUPES MILITAIRES FRANÇAISES ET ÉTRANGÈRES, vers 1815. *A Paris, Chez Martinet, s. d.*, 3 vol. in-8, mar. rouge à grains longs, dos orné, dent., tr. dor. (*Rel. anc.*)

Précieux recueil contenant un frontispice et 208 planches de costumes des troupes françaises et étrangères qui se trouvèrent en présence de 1812 à 1815. La collection a été formée avec soin par un amateur qui a choisi des épreuves de très bon coloris et les a fait relier en 3 volumes ; deux sont consacrés aux costumes des troupes françaises et comprennent 154 planches, le 3e volume avec 54 planches renferme les costumes des troupes étrangères.

Des titres ont été calligraphiés pour être placés en tête de chaque volume. Très rare dans cet état.

Des collections FRASER et ODERO.

199. MONTIGNY. UNIFORMES MILITAIRES, ou se trouvent gravés en taille-douce les Uniformes de la Maison du Roy, de tous les Régiments de France, les Drapeaux, Etendards et Guidons ; avec la datte de leur création et les différentes figures de l'exercice tant de la Cavalerie que de l'Infanterie. Dessiné et gravé par le sieur de Montigny. *Paris, Chereau*, 1772, in-12, fig., mar. rouge, dos orné, fil., tr. dor. (*Rel. anc.*)

Un des plus jolis recueils de costumes militaires publiés en France ; il se compose de 5 ff. gravés de titre, d'avertissement et de table, de 4 et 170 planches (la dernière cotée par erreur 169) de costumes coloriés tant de l'infanterie que de la cavalerie, avec les drapeaux de chaque régiment, et 1 pl. pour les couleurs. Ensemble 175 planches.

Ce volume est en même temps un traité d'escrime et d'équitation, l'auteur ayant eu soin de faire figurer dans ses planches les principaux mouvements usités dans ces deux sciences.

Bel exemplaire très bien conservé.

De la collection MILLOT.

200. RAFFET (A.). COLLECTION DES COSTUMES MILITAIRES de l'Armée et la Marine Françaises depuis Août 1830. Par Raffet. *Paris, Frérot, etc.*, in-4, pl., demi- rel. dos et coins de chagrin rouge à grains longs, dos orné, tête dor. (*Pagnant.*)

Suite complète de 32 lithographies coloriées par *Raffet*, d'uniformes militaires français.

On a ajouté 20 planches, doubles ou triples avec différences et 1 pl.

Maréchal de France qui se joint à cette collection. Couverture de livraison conservée.

Ensemble 53 planches coloriées.

De la collection A. MILLOT.

201. VERNET (H.) et LAMI (Eug.). Collection des Uniformes des Armées françaises de 1791 à 1814. — Collection raisonnée des Uniformes français de 1814 à 1824. *Paris*, 1822-1825, 2 vol. in-8, fig., demi-rel. dos et coins de mar. rouge, dos orné, tête dor., *non rognés*. (*Champs*.)

100 planches pour la première partie et 48 pour la seconde. Ensemble 148 planches coloriées, en épreuve du PREMIER TIRAGE.

Collection estimée devenue rare.

V. ŒUVRES D'ARTISTES DES XVIe, XVIIe, XVIIIe ET DU COMMENCEMENT DU XIXe SIÈCLE.

202. BEHAM (H. S.). Les Noces de Village, par Hans Sebald Beham, 1546, in-12 obl. monté pet. in-4 obl., demi-rel. veau marbré.

Suite complète de 10 planches très spirituellement gravées, de scènes de mœurs villageoises ; promeneurs, danseurs, chanteurs, buveurs, etc., etc.

Très belles épreuves de PREMIER TIRAGE. Bartsch, *Œuvre de H. S. Beham*, n°s 154-163.

203. BOSSE (Abraham). SON ŒUVRE GRAVÉ. *Paris*, 1630-1675, in-fol. obl., mar. rouge, dos orné, fil., tr. dor. (*Chambolle-Duru.*)

Collection de 104 planches choisies parmi les plus importantes de l'œuvre de *A. Bosse*.

Nous signalerons : l'*Enfant prodigue*, 6 pl. — les *Vierges sages et les Vierges folles*, 7 pl. — les *Œuvres de miséricorde*, 7 pl. — les *Cinq Sens*, 5 pl. — l'*Hôpital de la Charité*, 1 pl. — la *Galerie du Palais*, 1 pl. — l'*Hôtel de Bourgogne*, 1 pl. — le *Courtisan suivant l'Édit*, 3 pl. — le *Mariage à la Ville*, 6 pl. — le *Mariage à la campagne*, 3 pl. — le *Maître et la Maîtresse d'École*, 2 pl. — les *Métiers*, 7 pl. — les *Femmes à table*, 1 pl., etc., etc.

On a collé sur la garde de la reliure l'ancien ex-libris de J. EVELYN, contenu dans un bel encadrement gravé.

204. BOUCHER (Fr.). Les Eléments. — Les Saisons. *Paris, Duflos, s. d.* (*vers* 1740), pet. in-fol. obl., *cart.*

Deux suites de 4 planches chacune, gravées par *C. L. Duflos*, d'après *F. Boucher*.

Au bas de chaque planche des huitains par *Moraine* et d'*Arneaux*.

Belles épreuves à grandes marges.

205. — PREMIER (-CINQUIÈME) LIVRE DE GROUPES D'ENFANS par F. Boucher. Gravé par P. Aveline (La Rue et Huquier fils). *Paris, Huquier et Chereau, s. d.*, in-fol., veau, fil.

Suite complète de 30 estampes en très belles épreuves.

Le même album renferme : Livre des Arts par F. Boucher, *Paris*,

Huquier, s. d., 14 planches gravées par *Larue* : les Saisons, les Eléments, l'Architecture, la Peinture, la Sculpture, etc., dont 3 en épreuves AVANT LA LETTRE.

Ensemble 44 planches.

De la bibliothèque de H. DESTAILLEUR.

206. BOYVIN (René). LIVRE DE LA CONQUESTE DE LA TOISON D'OR, par le prince Jason de Tessalie ; faict par figures avec l'explication d'icelles. *Paris*, 1563, in-fol. oblong, mar. brun tête de nègre, doublure et gardes en vélin blanc, fil., tr. dor. (*Marius Michel.*)

Suite rare et précieuse de 26 estampes gravées en taille-douce par *René Boyvin*, d'après les dessins de *Léonard Tyri (Cat. de René Boyvin*, 39-64.)

Ces estampes sont précédées d'un texte explicatif, par Jacques Gohory, formant 4 ff. y compris le titre et l'épître *Au Roy* de Jehan de Mauregard. Dans cette épître, l'éditeur explique qu'il a fait reproduire en gravure par *René Boyvin*, d'Angers, les dessins de *Léonard Tyri de Belges*, afin de pouvoir les utiliser comme patrons de tapisserie, pour orner les murs d'une superbe galerie. Léonard Tyri fut un des peintres appelés à Fontainebleau par François Ier.

Bel exemplaire contenant la suite des figures en premières épreuves AVANT LES NUMÉROS et avant les tablettes avec la légende gravée.

De la bibliothèque de Eug. PAILLET.

207. BREUGHEL (P.). Les Sept péchés capitaux. (*Anvers*), *H. Cock exc.*, 1558, in-4 obl., cart. (*Pagnant.*)

Très curieuse suite de 7 estampes gravées en taille-douce d'une remarquable fantaisie. Elles sont signées du monogramme E. M. P. (Brulliot, nº 1706).

Les personnages grotesques qui figurent dans ces estampes se retrouvent dans le volume des *Songes drolatiques de Pantagruel* publié en 1565 et dans diverses bordures de livres édités par *Jean de Tournes*.

208. CALLOT (J.). Les Misères et les Malheurs de la Guerre. Représentez par Jacques Callot noble Lorrain, et mis en lumière par Israel son amy. *Paris*, 1633, pet. in-4 obl., mar. rouge jans., tr. dor. (*Chambolle-Duru.*)

Cette suite, le chef-d'œuvre de *Callot*, se compose de 18 pièces dont un titre.

Belles épreuves du DEUXIÈME ÉTAT, avec les numéros et les vers français au bas de chaque pièce. Très grandes marges.

209. — Misere de la Guerre faict par Jacques Callot, et

mise en lumière par Israel Henriet. *Paris*, 1636, pet. in-8 oblong, mar. rouge jans., tr. dor. (*Chambolle-Duru.*)

Petite suite des *Misères de la guerre* en 7 planches.
Belles épreuves à grandes marges.

210. COCHIN (Ch. Nic.). HISTOIRE DE LOUIS XV PAR LES MÉDAILLES. 1753-1770. In-fol., mar. rouge, dos orné, fil., tr. dor. (*Chambolle-Duru.*)

Superbe suite d'estampes destinée à orner une Histoire de Louis XV par les Médailles, qui n'a pas été publiée.

Elle se compose de 14 planches dont 10 dessinées par *Cochin* et 4 dessinées par *Vien, Lagrenée, Boucher* et *Hallé*.

Superbes épreuves avec marges, en double état, EAU-FORTE et épreuve terminée. Il manque 1 eau-forte et 3 épreuves terminées.

Ensemble 24 planches.

Cette collection est de la plus grande rareté.

211. CONSTABLE (John). VARIOUS SUBJECTS OF LANDSCAPE, Characteristic of English Scenery, from Pictures painted by John Constable, R. A. Engraved by David Lucas. *London, Colnaghi*, 1830, in-fol. obl., pl., cart. en moire verte. (*Rel. de l'époque.*)

Suite complète de 22 estampes en épreuves du PREMIER TIRAGE sur PAPIER DE CHINE.

Très belle série d'eaux-fortes. Quelques rousseurs.

212. COYPEL. LES AVENTURES DE DON QUICHOTTE de Cervantes peintes par C. Coypel, Boucher et Nic. Cochin, gravées par MM. Surugue, Cochin, Ravenet, etc. *Paris, Surugue, Ravenet et Dupuis, s. d.* (1724), in-fol., mar. rouge grenat, dos orné, double rangée de fil. avec fleurons d'angles, tr. dor.

Suite complète de 31 estampes formant la plus belle illustration qui ait été faite pour *Don Quichotte*. Elles ont été reproduites en Hollande à diverses reprises, et elles ont servi de modèles aux tapissiers et brodeurs pendant le dix-huitième siècle.

Belles épreuves du PREMIER TIRAGE avec grandes marges.

213. — SUITE D'ESTAMPES DES PRINCIPAUX SUJETS DES COMÉDIES DE MOLIÈRE, gravées sur les esquisses de Coypel, dédiée au public en 1726. *Se vend à Paris,*

chez Surrugue, ruë des Noyers, in-fol., mar. rouge, dos orné, fil., tr. dor. (*Chambolle-Duru.*)

Très belle suite composée de 1 titre et de 5 estampes dessinées par *Coypel*, gravées par *Joullain*. C'est de beaucoup la plus rare collection d'estampes destinée à illustrer les œuvres de Molière ; elle est surtout difficile à trouver complète, l'estampe pour *Psyché* manquant assez souvent.

Très belles épreuves avec de très grandes marges.

214. DELAUNE (Etienne). Les Douze Mois de l'année. *S. l. n. d.* (*vers* 1570), in-4 oblong, mar. rouge jans., tr. dor. (*Chambolle-Duru.*)

Suite complète de 12 planches représentant les occupations de chaque mois. Très jolies compositions entourées de riches bordures ornementées.

Epreuves du PREMIER TIRAGE. Robert Dumesnil. *Le Peintre graveur, Œuvre de Delaune*, n°s 225-236.

215. — Histoire d'Apollon et de Diane. (*F. L. D. Ciartres, exc.*, XVIe *siècle*), pet. in-4 obl., mar. rouge jans., tr. dor. (*Chambolle-Duru.*)

Suite complète de 6 belles planches gravées sur cuivre.

216. DUPLESSIS-BERTAUX. Recueil de Cent sujets de divers genres dessinés et gravés à l'eau-forte par J. Duplessis-Bertaux, représentant toutes sortes d'ouvriers occupés de leurs travaux, scènes de comédies, scènes populaires, mendians, militaires, cavaliers, chevaux à l'abreuvoir, foires, danses de village, etc. *Paris*, 1814, in-4 obl., fig., mar. rouge, dos orné, fil., tr. dor. (*Hardy-Mennil.*)

Bel exemplaire de ce joli recueil de gravures.

Nombreuses scènes de mœurs parisiennes.

217. DÜRER (Albert). LA PASSION DE JÉSUS-CHRIST, gravée sur cuivre par Albert Dürer. *S. l. n. d.* (1507-1512), in-12 monté pet. in-4, mar. La Vallière jans., tr. dor. (*Trautz-Bauzonnet.*)

Suite complète de 16 planches gravées sur cuivre par *A. Dürer*.

Très belles épreuves du PREMIER TIRAGE, d'une remarquable qualité.

218. EISEN (Ch.). Les Quatre Saisons. — Les Quatre Parties du Jour. — Les Amusements et les Plaisirs

champêtres. *Paris, Daumont, s. d.* (*vers* 1775), in-4 obl., cart.

3 suites de 4 estampes chacune, ensemble 12 charmantes figures gravées par *de Longueil.*

On y joint 2 estampes des mêmes artistes : *La Jolie fermière* et *la Belle nourrice.*

Ensemble 14 pièces en belles épreuves dont 10, avec petites marges, sont remontées à châssis.

Ces gracieuses estampes sont très intéressantes pour l'histoire des mœurs et du costume au dix-huitième siècle.

219. FRAGONARD. Bacchanales. *S. l. n. d.* (*vers* 1790), in-4 obl., cart.

Suite complète de 4 charmantes estampes dessinées et gravées par *Fragonard.*

Très belles épreuves remontées à châssis.

220. GAULTIER (L.). Figures de Léonard Gaultier pour le Nouveau Testament. 1576-1580. En un vol. in-8, mar. La Vallière, double rangée de fil. à froid, milieux et coins ornés, tr. dor. (*Masson-Debonnelle.*)

Suite de 88 figures de forme carrée. Chaque pièce porte la marque du graveur et l'indication du sujet. On lit sur ces estampes, très finement gravées sur cuivre, différentes dates de 1576 à 1580. Onze de ces figures sont en double. Ensemble 99 pièces.

221. GILLOT. Livre de Scènes comiques inventées par Gillot. *Paris, Huquier, s. d.* (*vers* 1720), in-4 obl., vélin.

Titre ornementé et 11 planches gravées par *Huquier.* Belles épreuves à très grandes marges.

On y joint une planche : *Colombine avocat pour et contre,* dessinée et gravée par *Gillot.*

Des bibliothèques de H. Destailleur et Guyot de Villeneuve.

222. GOYA (Fr.). [Caprichos inventados y grabados al agua fuerte, por Francesco Goya y Lucientes pintor. *Madrid, vers* 1799], in-4, pl., mar. rouge jans., tr. dor. (*Cuzin.*)

« Recueil plein d'humour et d'originalité, où se cache sous des scènes grotesques, une satire politique des plus violentes. »

Le volume bien complet renferme 80 planches y compris le portrait de Goya.

Très bel exemplaire du premier tirage.

223. HOLBEIN. Mortalium Nobilitas. *Paris, N. Pitau,* (1651), pet. in-4, pl., mar. bleu, dos orné, dent., tabis, tr. dor. (*Rel. anc.*)

Suite de 30 planches de la Danse des Morts de *Hans Holbein* gravées en taille-douce par *Wenceslas Hollar.*

Chaque sujet est compris dans un encadrement orné (3 différents), gravé par *Hollar* d'après *Diepenbecke.*

Très bel exemplaire de Ant. Aug. Renouard.

224. LAGNIET. Recueil des plus illustres Proverbes, divisés en trois livres. *Mis en lumière par Jacques Lagniet, à Paris, s. d.* (1657), 3 parties en un vol. in-4, veau fauve, dos orné, fil., tr. marbrée. (*Rel. anc.*)

Intéressant recueil de gravures en taille-douce très important pour l'histoire des mœurs au dix-septième siècle.

Le volume renferme 160 planches gravées par *Lagniet* consacrées aux *Proverbes moraux* (60 sujets sur 59 ff.), aux *Proverbes joyeux* (71) et à la *Vie des Gueux* (30).

A la suite : *La Vie de Tiel Wlespiegle,* 26 pl. et *les Malices des Femmes,* 12 pl. Ensemble 198 planches par *Lagniet.*

De la bibliothèque de Guyot de Villeneuve.

225. LARMESSIN. Estampes par Lorrain, Lancret, Vleughels, Boucher, Pater, Le Mesle, Le Clerc et Eisen, gravées par de Larmessin et autres, pour les Contes de La Fontaine. *A Paris, chez Larmessin, s. d.* (*vers* 1740), in-fol. oblong, pl., mar. rouge, dos orné, fil., tr. dor. (*Chambolle-Duru.*)

Cette série d'estampes, connue sous le nom général de *Suite de Larmessin,* constitue une des plus belles illustrations des Contes de La Fontaine.

Cette collection est complète et renferme les 38 estampes publiées, en belles épreuves du premier tirage, savoir :

2 pl. de *Lorrain* avec l'adresse de *Charpentier.*

10 pl. de *Pater* et de *Le Mesle* avec l'adresse de *Fillœul.*

22 pl. de *Lancret, Boucher, Vleughels* et *Leclerc* avec l'adresse de *Larmessin.*

4 pl. d'*Eisen* avec l'adresse de *Buldet.*

On a relié à la fin : le *Catalogue des Estampes qui se vendent chez de Larmessin,* 1 feuillet, avec encadrement orné, sur lequel se voit l'annonce des *Contes de La Fontaine* qui ne comporte encore que 32 planches.

226. LAWRENCE (Ch.). Engravings from the Choicest Works of Sir Thomas Lawrence P. R. A. *London, H.*

Graves and C°, s. d. (1836-1844), in-fol., pl., mar. rouge, dos orné, enc. de 7 fil. autour des plats, tr. dor. (*Chambolle-Duru.*)

Superbe publication comprenant le titre (avec portrait de Th. Lawrence), la table et 53 planches gravées par *S. Cousins, J. Lucas, G. H. Phillips*, etc., d'après *Th. Lawrence*.

La table n'indique que 50 planches.

Très belles épreuves dont 19 avec le mot *Proof*.

4 couvertures de livraisons conservées.

227. MORLAND (G.). Authentic Memoirs of the late George Morland, with Remarks on his Abilities and Progress as an artist : in which are interspersed a Variety of Anecdotes never before published ; by Francis William Blagdon Esq. *London, Edward Orme*, 1806, in-fol. obl., pl., demi-rel. dos et coins de mar. rouge, dos orné, *non rogné*. (*Pagnant.*)

Ce volume est orné de 20 belles planches d'après *Morland*. Quelques-unes sont gravées à l'aquatinte, d'autres à la manière du crayon et imprimées en couleurs, ou coloriées.

Quelques-unes de ces estampes : *George Morland* (son portrait), *A mad Bull, The Cottage Sty, Conversation, Morland's Ass, Ass and Pigs, The Rustic Hovel, An Ass Race*, etc., comptent parmi les meilleures productions de l'artiste.

Cet ouvrage est très rare complet ; la plupart des exemplaires ayant été brisés afin de vendre les estampes séparément.

228. MOSES (Henry). [Scènes de la vie élégante. Sujets mythologiques]. *S. l. n. d.* (*Londres, vers* 1810), in-4, demi-rel. anc.

Suite de 24 estampes dessinées et gravées sur cuivre au simple trait, par *H. Moses*, intéressantes pour les mœurs, les costumes et l'ameublement du temps du premier Empire.

229. ORTELIUS. Deorum Dearumque capita. Ex vetustis numismatibus in gratiam antiquitatis studiosorum effigiata et edita. Ex museo Abrahami Ortelii. *Antverpiæ*, 1573, in-4, fig., vélin blanc, dos orné, fil., tr. dor. (*Rel. anc.*)

Première édition. Ce volume renferme 54 portraits de dieux et de déesses, dans des cartouches variés avec ornements finement gravés.

Très bel exemplaire aux armes de J. Aug. de Thou.

230. OUDRY. Estampes dessinées et gravées par Oudry pour le Roman comique de Scarron. *Paris, Huquier, s. d.* (*vers* 1740), in-fol., mar. rouge grenat, dos orné, double rangée de fil., tr. dor.

Suite complète de 26 très belles estampes par *Oudry*.

231. PATER. Estampes dessinées par Pater et Du Mont, gravées par Audran, Surugue, Lépicié, etc., pour le Roman comique de Scarron. *Paris, Surugue*, (*vers* 1740), in-fol. obl., mar. rouge grenat, dos orné, double rangée de fil., tr. dor.

Suite complète de 16 estampes en belles épreuves.

232. POMPADOUR (Mme de). SUITE D'ESTAMPES, gravées par Madame la marquise de Pompadour, d'après les pierres gravées de Guay, graveur du Roy, (et les dessins de Boucher). *Paris, Prault*, 1782, in-4, mar. rouge, dos orné, fil , tr. dor. (*Rel. anc.*)

Exemplaire comprenant 69 planches auquel on a ajouté :

1° La planche pour *Rodogune* de Corneille, d'après *Boucher*, gravée par la *Mse de Pompadour* et retouchée par *Cochin*.

2° le portrait de la M^se^ de Pompadour gravé à la manière noire par *J. Watson* d'après *Boucher*, épreuve remargée.

3° *La Belle Jardinière* (Mme de Pompadour), gravé par *J. L. Anselin* d'après *C. Vanloo*.

Ensemble 72 planches.

Très bel exemplaire relié par *Derome le jeune*, avec son étiquette.

233. [POURTRAITS divers]. *Lion, Jean de Tournes*, 1556, pet. in-8, mar. rouge jans., tr. dor. (*Chambolle-Duru.*)

Ce volume, publié par *Jean de Tournes*, renferme 60 planches finement gravées sur bois et tirées pour la plupart d'ouvrages publiés par cet éditeur. La plus grande partie de ces planches sont l'œuvre du *Petit Bernard*. Elles représentent diverses scènes de théâtre, des sujets mythologiques, des figures pour les Comédies de Térence, les Triomphes de Pétrarque, le volume *Saulsaye* de M. Scève, où se trouve une vignette représentant la ville de Lyon et Notre-Dame de Fourvières, etc.

Cet album fort rare est un précieux spécimen de l'art de la gravure sur bois à *Lyon* au milieu du seizième siècle.

Bel exemplaire très pur, très beau d'épreuves et très grand de marges.

Portraits.

234. PORTRAITS des plus considérables Personnes de ce siècle. (*Paris, Moncornet et Leclerc*), *s. d.* (*vers* 1630), in-4, mar. rouge jans., tr. dor. (*Chambolle-Duru.*)

Recueil de 100 portraits de personnages célèbres, hommes et femmes, principalement du seizième siècle, par *Thomas de Leu*, *Léonard Gaultier*, *Michel Lasne*, etc.

Titre calligraphié dans un encadrement par *Cochin*.

235. GRATELOUP. Collection des neuf portraits gravés par Jean-Baptiste Grateloup, in-4, mar. rouge jans., tr. dor. (*Chambolle-Duru.*)

Ces 9 portraits forment l'œuvre complète du célèbre graveur *Grateloup* dont les travaux tout particuliers dans leur genre, ont été exécutés à l'aide d'un procédé resté inconnu. Ces portraits sont de véritables merveilles au point de vue de la finesse, et celui de Bossuet en pied est justement considéré comme un chef-d'œuvre.

Cet exemplaire renferme les 9 portraits en 19 états divers :

1° Bossuet, en pied, d'après *Rigaud*, 3 états, dont celui avant la lettre.

2° Bossuet, en buste, d'après *Rigaud*, 2 états.

3° Descartes, d'après *Fr. Hals*, 2 états.

4° J. Dryden, d'après *G. Kneller*, 3 états.

5° Fénelon, d'après *J. Vivien*, 2 états.

6° Adrienne Lecouvreur, d'après *Coypel*, 2 états.

7° Montesquieu, d'après *Dassier*, 1 état.

8° M. de Polignac, d'après *Rigaud*, 3 états.

9° J.-B. Rousseau, d'après *J. Aved*, 1 état.

Superbe collection ; 6 portraits sont en très belles épreuves avant la lettre ; 2 n'existent pas dans cet état.

236. HÉROS (les) de la Ligue ou la Procession Monacale. Conduite par Louis XIV, pour la Conversion des Protestans de son royaume. *Paris, Pere Peters*, 1691, in-4, fig., mar. bleu, dos orné, fil., tr. dor. (*Mercier, s*[r] *de Cuzin.*)

Orné de 24 curieux portraits satiriques des principaux personnages qui provoquèrent la révocation de l'édit de Nantes, gravés à la manière noire, attribués à *C. Dusart*, peintre hollandais.

Bel exemplaire du premier tirage.

237. PERRAULT (Charles). Les Hommes illustres qui ont paru en France pendant ce siècle, avec leurs portraits au

naturel. *Paris, A. Dezallier*, 1696-1700, 2 tomes en un vol. in-fol., front. et portr., mar. rouge, dos orné, fil., tr. dor. (*Derome*.)

Remarquable recueil de portraits gravés par *Edelinck* et *Lubin*.

Exemplaire bien complet, imprimé sur GRAND PAPIER contenant le frontispice, le portrait de Ch. Perrault et 102 portraits y compris ceux de Pascal et d'Arnauld, avec autant de notices.

Très bel exemplaire avec les portraits en belles épreuves.

De la bibliothèque du baron de LA ROCHE-LACARELLE.

238. VAN DYCK. ICONES PRINCIPUM, VIRORUM DOCTORUM, PICTORUM CHALCOGRAPHORUM, STATUARIORUM nec non amatorum pictoriæ artis numero centum ab Antonio Van Dyck pictore ad vivum expressæ ejusq. sumptibus æri incisæ. *Antverpiæ, Hendricx, s. d.* (*vers* 1650), in-fol., portr., mar. rouge jans., tr. dor. (*Chambolle-Duru*.)

Cet exemplaire de l'*Iconographie* contient 110 portraits gravés à l'eau-forte par *Van Dyck* et terminés par lui ou par divers artistes, ou gravés d'après les dessins de *Van Dyck*, par *Bolswert, P. de Jode, Pontius, Vostermann*, etc.

Gilles Hendricx, éditeur Anversois, acheta les planches de *Martin van den Enden* et les épreuves publiées par lui sont justement célèbres par leur belle impression et leur effet pittoresque.

Superbe exemplaire avec les planches tirées sur PAPIER FORT et remarquable d'épreuves. Il a été formé de 1660 à 1693 par P. Mariette qui a choisi chaque planche et y a apposé sa signature au verso. Il est également précédé de 2 ff. manuscrits contenant l'un, la vie de Van Dyck, et l'autre, la table des portraits. Le premier feuillet débute par les signatures autographes de J. P. Le Bas 1775 et de J. F. Chéreau 1787.

---

239. REYNOLDS (J.). ENGRAVINGS FROM THE PICTURES AND SKETCHES painted by Sir Joshua Reynolds, comprising the whole of his Works by Samuel William Reynolds, Engraver to the King. (*London*), *S. W. Reynolds*, 1820-1836, 4 vol. in-fol. cuir de Russie, dos orné, enc. de dent. et fil. dorés et à froid, tr. dor. (*Rel. de l'époque*.)

Superbe publication comprenant 4 titres gravés dont un avec portrait, un feuillet de dédicace et 358 planches portant 437 portraits de personnages célèbres, hommes et femmes, gravés à l'aquatinte et à la manière noire.

Très belles épreuves de PREMIÈRE ÉMISSION, portant presque toutes le mot *Proof*, tirées sur beau PAPIER VÉLIN FORT.

Le tome IV, qui est cartonné, contient un titre avec portrait et 48 planches ; il est de toute rareté et n'a pas été édité par *S. W. Reynolds*, mais par *Molteno* et *Graves*.

240. ROWLANDSON. Miseries of Human Life; designed and etched by T. Rowlandson. *London, R. Ackermann, s. d.* (1808), in-4, demi-rel. dos et coins de chagrin rouge à grains longs, dos orné, tête dor., *ébarbé.* (*Pagnant.*)

Très amusante suite de 50 caricatures coloriées par *Rowlandson*.

241. RUBENS. La Gallerie du Palais du Luxembourg, peinte par Rubens, dessinée par les sieurs Nattier, et gravée par les plus illustres Graveurs du temps. *Paris, Duchange*, 1710, in-fol., titre, front. et pl. gravés, mar. rouge, dos orné, fil., tr. dor. (*Rel. anc.*)

Titre gravé, frontispice, 1 f. d'*Avertissement* gravé et 24 planches dont 3 portraits, AVANT LES NUMÉROS.

Très bel exemplaire aux armes du roi LOUIS XIV.

242. SAINT-NON (abbé de). RECUEIL DE GRIFFONIS, DE VUES, paysages, fragments antiques et sujets historiques, gravés par M. l'abbé de Saint-Non. *S. l. n. d.* (*Paris, vers* 1780), in-fol., fig., mar. vert, dos orné, dent., tr. dor. (*Rel. anc.*)

Recueil d'eaux-fortes exécutées par l'*abbé de Saint-Non*, d'après des croquis de *Fragonard*, *Leprince* et *Hubert-Robert*. La collaboration de ces artistes produisit un ouvrage remarquable.

PREMIÈRE ÉDITION contenant 156 pl. avec 265 sujets, non compris les antiques.

Superbe exemplaire dans une excellente reliure de *Derome*.

243. TROOST (C.). SCÈNES TIRÉES DE LA VIE DOMESTIQUE DES HOLLANDAIS au dix-huitième siècle peintes par Corneille Troost. *Amsterdam, E. Maaskamp*, 1811, in-fol. obl., pl., demi-rel. dos et coins de veau marbré. (*Pagnant.*)

Recueil complet comprenant un titre, une table et 32 estampes y compris le portrait de C. Troost, gravées au dix-huitième siècle par *Houbraken*, *Tanjé*, *Duflos*, etc. d'après les tableaux du peintre hollandais *C. Troost*.

Curieuses scènes de mœurs, scènes populaires et scènes de la vie intérieure des Hollandais au dix-huitième siècle. On y trouve aussi plusieurs compositions pour les comédies de Molière.

Très belles épreuves

244. TURNER (J. M. W.). LIBER STUDIORUM. *London*, (1808-1819), pet. in-fol., mar. rouge jans., tr. dor. (*Chambolle-Duru.*)

Frontispice-titre et 70 planches gravées en bistre par *C. Turner, W. Say, G. Clint, W. Annis*, etc. d'après les originaux de *J. M. W. Turner*.

Le *Liber studiorum* de *Turner* est un des plus précieux recueils d'estampes publiés en Angleterre au dix-neuvième siècle.

Les exemplaires en sont fort rares, surtout lorsqu'ils sont, comme celui-ci, composés de superbes épreuves de premiers tirages.

245. VAN DER MEULEN. Œuvre de Van der Meulen. *Paris*, 1685-1686, in-fol., mar. rouge, dos orné, double rangée de fil., tr. dor. (*Rel. anc.*)

35 planches doubles de vues de villes, sièges, batailles, marches, etc. servant à l'histoire de Louis XIV. Ces planches, dessinées par *Van der Meulen*, sont gravées par *Baudouin, Bonnart, Scotin*, etc.

Très bel exemplaire aux chiffres et armes de Louis XIV.

246. VERNET (Joseph). Les Ports de France peints par Joseph Vernet, gravés par Cochin et Le Bas. (*Paris*), 1760-1778, in-fol., demi-rel. veau marbré, dos orné. (*Pagnant.*)

Collection complète composée de 18 estampes numérotées : Vues de Toulon, Marseille, Antibes, Cette, Bordeaux, Bayonne, Le Havre, Rouen, Dieppe etc.

Les 3 dernières planches sont gravées d'après les dessins de *Cochin*.

247. WATTEAU. L'ŒUVRE D'ANTOINE WATTEAU, peintre du Roi. *Paris, s. d.* (*vers* 1740), 4 tomes en 3 vol. in-fol., veau, dos orné, fil., milieux, tr. dor. (*Rel. anc.*)

Cet œuvre gravé des tableaux et dessins de *Watteau* a été publié par les soins de M. de Julienne. Il comprend 2 volumes de grand format publiés sous le titre de *L'Œuvre d'Antoine Watteau* et 2 vol. de plus petit format intitulés : *Figures de différents caractères*. Le premier recueil comprend surtout les gravures des tableaux de *Watteau*, le second la reproduction, en premières épreuves, des principaux dessins de l'artiste.

Ces 4 volumes sont aujourd'hui fort recherchés.

Voici la description de cet exemplaire :

I. — L'Œuvre d'Antoine Watteau, peintre du Roy en son Académie

Roiale de peinture et sculpture gravé d'après ses tableaux et dessins originaux tirez du cabinet du Roy et des plus curieux de l'Europe par les soins de M. de Jullienne. *A Paris, Fixé a cent exemplaires des p^res épreuves imprimées sur grand papier. S. d.*, 2 vol. in-fol. avec 2 titres gravés en calligraphie, 1 f. gravé pour la fable l'*Art et la Nature* et 272 planches tirées sur 203 ff.

On trouve dans ces 2 volumes les remarquables estampes de l'*Enseigne de Gersaint*, de l'*Embarquement de Cythère*, de l'*Ile enchantée*, de la *Mariée de Village*, des nombreuses scènes de la Comédie-Italienne, etc.

II. — Figures de différents caractères de paysages, et d'études dessinées d'après nature par Antoine Watteau, peintre du Roy en son Académie Royale de Peinture et Sculpture, gravées à l'eau-forte par des plus habiles peintres et graveurs du Temps. Tirées des plus beaux cabinets de Paris. Tome premier [-Tome second]. *A Paris, chez Audran graveur du Roy et chez F. Chereau, s. d.* (*vers* 1740), 2 vol. in-fol. reliés en un volume.

Tome premier, 7 ff. prél. et pl. 1-132.

Tome second, 3 ff. lim. et pl. 133 à 350.

Les ff. prél. entièrement gravés se composent au tome 1er du titre ; d'un portrait gravé par *Boucher*, d'après *Watteau* ; de l'*Abrégé de la vie de Watteau*, 2 ff. ; de l'*Epitaphe de Watteau* en latin et en français, 2 ff. et de la *Préface*, 1 f. Au tome second, titre 1 f., *Avertissement* 1 f. et frontispice de *Boucher* 1 .

Les estampes sont numérotées de 1 à 350 et sont tirées tantôt une, tantôt plusieurs sur la même feuille. Les dessins ont été gravés par *Boucher*, *Cochin* et le *comte de Caylus*.

Ensemble 622 gravures non compris les titres et préfaces.

Très bel exemplaire dans sa première reliure.

248. WATTEAU. Livre de différents Caractères de têtes. Inventez par M. Watteaux, et gravez d'après ses desseins par Fillœul. *A Paris, chez F. Chéreau.* 1752, in-4, veau marbré, fil. (*Pagnant.*)

Charmant volume devenu rare. Il se compose d'un titre orné et de 27 figures gravées par *Filleul* d'après *Watteau*. Une des planches, *Bon voyage*, est gravée à l'eau-forte par le comte de *Caylus*.

VI. — ŒUVRES DES ARTISTES DU XIXe SIÈCLE.

Recueils de Lithographies et d'Eaux fortes.

249. ADAM (Victor). Album de Ste Pélagie (Dette). Douze Scènes intérieures dessinées et lithographiées d'après nature. Par V. Adam. *Paris, V. Morlot, (lith. de Bénard), s. d.* (*vers* 1825), in-4 obl., cart. *non rogné*, couv.

Suite complète de 12 lithographies. Epreuves coloriées.
La suite est précédée de 2 ff. de texte (explication des planches) et du premier plat de la couverture avec vignette par *V. Adam.*

250. — Un An de la Vie d'un Jeune Homme. Histoire véritable en 17 chapitres. Ecrits par lui-même et lithographiés par Victor Adam. *Paris, (lith. de Langlumé)*, 1824, in-4, cart., *non rogné.*

Suite complète d'un titre et 17 lithographies. Epreuves coloriées.

251. — Fêtes des Environs de Paris par Victor Adam. *Paris, Vallée (et Londres, Ackermann), (lith. de Ligny)*, 1830, in-4 obl., cart., *non rogné*, couv.

Suite complète de 12 lithographies. Epreuves coloriées. Premier plat de la couverture avec vignette, conservé.

252. — Panidochème ou toutes sortes de Voitures par V. Adam. *Paris, Ch. Motte*, 1828 (-1830), in-4 obl., cart. toile, *non rogné*, couv.

Suite complète de 36 lithographies. Épreuves coloriées. Couverture générale et deux plats de couvertures différents, conservés.

253. — Promenades dans Paris. *Paris, Giraldon-Bovinet et London, Mc Lean* (1829-1830), in-4 obl., cart.

Suite complète de 12 lithographies. Épreuves coloriées.

254. ALBUM de Caricatures diverses. *Paris, Aubert, etc., s. d.*, in-4, demi-rel. mar. vert.

40 lithographies par *Rigobert, Xavier, Vernier,* etc. relatives à Napoléon III, à la République, etc., noires et coloriées.

255. ALBUMS de Lithographies d'après les Œuvres des Peintres de 1830 à 1860. *Paris, s. d.*, 4 vol. in-fol., demi-rel. chagrin vert, *non rognés*.

Recueil composé de 215 épreuves de choix, sur PAPIER DE CHINE. Reproduction des œuvres de *Français, Decamps, Th. Rousseau, Isabey, J. Dupré, C. Nanteuil, Diaz, Baron, Rosa Bonheur, C. Troyon, E. Delacroix, Géricault, P. P. Prudhon,* etc., etc.

De la collection du peintre J. MICHELIN.

256. BEAUMONT (Édouard de). Au Bal Masqué. Album par Beaumont. *Paris, Martinet*, (*lith. Destouches*), *s. d.* (*vers* 1860), in-4, cart. original.

Titre et 30 lithographies. Épreuves coloriées.

257. — La Civilisation aux Iles Marquises par Ed. de Beaumont. *Paris. Pannier,* (*lith. d'Aubert*). *s. d.* (*vers* 1860), in-4, cart., *non rogné*, couv.

Suite de 22 lithographies.

258. — Les Jolies Femmes de Paris. *Paris, Aubert, s. d.* (*vers* 1860), in-4, demi-rel. dos et coins de chagrin rouge à grains longs, dos orné, tête dor., *non rogné*. (*Pagnant.*)

Suite de 40 lithographies.

259. — Nos Jolies Parisiennes. Album par Edouard de Beaumont. *Paris, Martinet, s. d.* (*vers* 1860), in-4, demi-rel. dos et coins de chagrin rouge à grains longs, dos orné, tête dor., *non rogné*, couv. (*Pagnant.*)

Titre et 49 lithographies.

260. — Les Vésuviennes. *Paris, Aubert, s. d.* (*vers* 1860), in-4, demi-rel. dos et coins de chagrin rouge à grains longs, dos orné, tête dor., *non rogné*, couv. (*Pagnant.*)

Suite de 19 lithographies.

261. BENJAMIN et LORENTZ. Panthéon charivarique. *Paris, impr. d'Aubert et Cie, s. d.* (*vers* 1840), in-fol., demi-rel. dos et coins de mar. rouge, dos orné, *non rogné.* (*Champs.*)

Album de 100 portraits d'écrivains, d'artistes, d'acteurs, etc., lithographiés par *Benjamin* et *Lorentz*. Très belles épreuves, la plupart tirées sur PAPIER FORT.

262. BOILLY (Louis). RECUEIL DE DESSINS LITHOGRAPHIQUES par L. Boilly. *Paris. Impr. Lith. de Delpech, s. d.* (*vers* 1828), in-4, pl., demi-rel. du temps.

Sous ce titre gravé on a réuni 125 lithographies par *Boilly* comprenant la SUITE COMPLÈTE des *Grimaces* en 95 planches suivies des planches qui se joignent à cette suite : *le Départ, le Retour, le Bonnet de la Grand-Mère, la Perruque du Grand-Père*, et d'un certain nombre de *Types populaires* par le même artiste. Épreuves coloriées.

A la suite du recueil, on a relié 12 lithographies coloriées d'après *Philipon, Monnier, Jayler*, etc.

Trois lithographies de *Boilly*, ne faisant pas partie des *Grimaces*, sont en noir.

Ensemble 137 planches. Très beau recueil.

263. BOILVIN (Émile). Têtes de Femmes, décors d'assiettes pour la fabrique Haviland. *Paris, s. d.* (*vers* 1880), in-4, cart., *non rogné.*

Suite très rare comprenant 12 eaux-fortes de *E. Boilvin*, épreuves AVANT TOUTES LETTRES sur PAPIER DE HOLLANDE. L'une d'elles est tirée sur PAPIER DU JAPON.

264. BON GENRE (le). OBSERVATIONS SUR LES MODES ET LES USAGES DE PARIS, pour servir d'explication aux 115 caricatures publiées sous le titre de Bon Genre, depuis le commencement du dix-neuvième siècle (par Pierre de La Mésangère). *Paris, chez l'éditeur*, 1827, in-fol., pl., demi-rel. dos et coins de mar. rouge, dos orné.

Très beau recueil de caricatures sur les modes et costumes, publiées de 1801 à 1825.

Il comprend 115 planches gravées d'après *Bosio, Lanté, C. Vernet*, etc., et coloriées, précédées d'une explication des planches.

265. BONINGTON. Restes et Fragmens d'Architecture du Moyen-Age (Caen, Rouen, Beauvais, etc.). Recueillis dans

diverses parties de la France et dessinés d'après nature par R. P. Bonington. *Paris et Londres*, (*lith. de Feillet*), 1824, in-fol., cart., couv.

Suite complète de 10 lithographies de *R. P. Bonington*, connue sous le nom de *la Petite Normandie*.

266. BONVIN (François). Première suite de dix Eaux-fortes par François Bonvin, peintre. *Paris et Londres*, *A. Cadart*, 1861 à 1871, in-fol., cart., *non rogné*, couv.

Suite complète de 10 curieuses eaux-fortes précédées d'un titre.

267. BOUCHOT (F.). Les Malheurs d'un Amant heureux. *Paris, Dupin*, (*impr. de Lemercier*), *s. d.* (*vers* 1840), in-4, cart.

Amusante suite de 12 lithographies coloriées.

268. — Tribulations de la Garde nationale par Bouchot. *Paris, Aubert, s. d.* (*vers* 1840), in-4, cart.

Suite complète de 27 lithographies. Épreuves coloriées.

269. — Le Voisinage. *Paris, Aubert*, (*lith. de Delaporte et Besnard*), *s. d.* (*vers* 1835), in-4 obl., cart.

Suite complète de 13 lithographies, chacune à deux sujets. Épreuves coloriées.

270. BUHOT (Félix). Partie de son œuvre gravé. (1875-1886), in-fol., demi-rel. dos et coins de mar. grenat. (*Carayon*.)

Collection de 60 eaux-fortes originales de *Buhot* choisies parmi les meilleures de l'artiste. Très belles épreuves d'artiste, la plupart avec le monogramme de l'artiste, avec sa signature autographe et souvent des marges symphoniques avec croquis à l'eau-forte, et tirées sur Japon ou sur Chine.

Parmi ces 60 pièces signalons :

1° Grand frontispice au Hibou, avec les mots *Pauca paucis*.

2° *Place Pigalle* en 1878, sur Japon.

3° *Place Bréda*, avec marges symphoniques.

4° *Matinée d'hiver sur le quai de l'Hôtel-Dieu*.

5° *Matinée sur les quais*.

6° *La Fête nationale*, 2 épreuves dont une avec marges symphoniques.

7° *La Taverne du bagne*, épreuve sur Japon, avec marges symphoniques.

8° *Un Enterrement*, épreuve en plusieurs tons.
9° *Débarquement en Angleterre.*
10° *Jetée en Angleterre.*
11° *La Traversée*, marges symphoniques.
12° *Westminster*, marges symphoniques.
13° *Westminster Bridge*, marges symphoniques.
14° *Marine à Gravesend.*
15° *Voisins de campagne.*
16° 45 pièces diverses, Paysages, Japonisme, croquis, etc., etc.

271. CARI (G. de). LE MUSÉE GROTESQUE. Collection de 64 Planches faites pour récréer et instruire les générations présentes et futures par G. de Cari. *Paris, Martinet, s. d.* (*vers* 1818), in-4, pl., demi-rel. dos et coins de mar. vert à grains longs, tête dor., *non rogné.*

Titre avec vignette coloriée et 65 planches gravées par *Maleuvre* d'après *G. de Cari* et coloriées.

Dans cet exemplaire la pl. 3 est en double avec différences et il a en plus une pl. 3 *bis*. Ensemble 67 planches.

Très rare.

272. CARICATURE (LA) [MORALE, RELIGIEUSE, LITTÉRAIRE ET SCÉNIQUE]. Journal fondé et dirigé par Ch. Philipon. *Paris, Aubert*, 1831-1835, 10 tomes en 9 vol. in-4, demi-rel. dos et coins de mar. rouge grenat à grains longs, dos orné, *non rognés.*

La collection comprend 524 pl. noires et coloriées dessinées par *Daumier, Charlet, Grandville, H. Monnier, Raffet*, etc. numérotées de 1 à 524 et publiées en 251 livraisons.

Très rare exemplaire avec les planches en noir tirées sur PAPIER DE CHINE, contenant les titres et tables pour les 9 premiers volumes (les titre et table du tome 10 n'ayant jamais été publiés).

On y joint un dixième volume, dans la même reliure, contenant les 24 planches de la *Lithographie mensuelle* accompagnées des 19 ff. de légendes et d'annonces.

De la bibliothèque de A. SCIAMA.

273. CARICATURE (LA) PROVISOIRE (publiée par Ch. Philipon). *Paris, Aubert, Novembre* 1838 — *Décembre* 1843, 5 volumes in-4, fig., demi-rel. chagrin vert. (*Rel. du temps.*)

La *Caricature provisoire* fut fondée par Philipon pour servir de suite à la *Caricature* qui avait été supprimée en 1835, au bout de 5 années de lutte. La nouvelle feuille ne pouvait s'occuper de questions politiques. Elle dura jusqu'au 31 décembre 1843, époque à laquelle elle fut achetée par les propriétaires du *Charivari.*

La *Caricature provisoire* fut illustrée et rédigée par les artistes et les auteurs qui avaient prêté leur plume et leur crayon à la *Caricature morale et politique*. La plupart des planches, soit en noir, soit coloriées, sont de *Gavarni, Daumier, Beaumont, Monnier,* etc.

Cet exemplaire est absolument complet, avec les suppléments pour les n°s 1, 2, 4, 5 et 7 (il n'y a pas eu de supplément pour les n°s 3 et 6) et il renferme en outre la livraison 6 en double avec différences.

La collection complète de la *Caricature provisoire* est d'une grande rareté, on n'en connaît que quelques exemplaires.

274. CHALON. Twenty four Subjects exhibiting the Costume of Paris. The incidents taken from nature. Designed and drawn on stone by J. J. Chalon. *London, Rodwell and Martin*, 1822, in-fol., demi-rel. dos et coins de mar. rouge à grains longs, dos orné, tête dor., couv. (*Champs-Stroobants.*)

Très curieuse suite, intéressante pour l'histoire des mœurs et des modes, comprenant un titre et 24 estampes coloriées.

Couverture illustrée avec envoi d'auteur.

275. CHAM. Ah quel plaisir de voyager ! par Cham. *Paris, Martinet* (*lith. Godard*), *s. d.* (*vers* 1860), in-4, cart. *non rogné.* (*Carayon.*)

Titre et 20 lithographies tirées sur Papier de Chine. Le titre et 1 planche sont sur blanc.

276. — Histoire de Monsieur La Jaunisse. *Paris, Aubert, s. d.*, pet. in-4 obl., cart., couv. (*V. Champs.*)

35 planches à deux sujets chacune.

277. — Impressions de Voyage de Monsieur Boniface, ex-réfractaire de la 4me du 5me de la 10me par Cham. *Paris, Paulin*, 1844, pet. in-4 obl., cart., couv. (*V. Champs.*)

29 planches de caricatures à divers sujets par planche.

278. — Mœurs Algériennes. Chinoiseries turques. Nouvel album de Cham (de N.). *Paris, Aubert et Cie. s. d.* (*vers* 1860), in-4, cart., *non rogné*, couv. (*Carayon.*)

20 lithographies, à deux sujets par planche. Epreuves coloriées.

279. CHAM. Mœurs Britanniques par Cham. *Paris, Aubert et Cie, s. d.* (*vers* 1860), in-4, cart., *non rogné*, couv. (*Carayon*.)

Titre et 15 lithographies, épreuves coloriées, plus 1 f. d'annonces.

280. — Mr. Lamélasse (Officier de la garde nationale à cheval, ses tribulations de famille, ses succès dans le monde, ses prouesses et sa mort parfaitement invraisemblable). *Paris, Aubert, s. d.*, pet. in-4 obl., cart., couv. (*V. Champs.*)

52 planches à deux sujets chacune.

281. CHARLET. Album lithographique par Charlet. *Paris, Gihaut frères*, 1832, pet. in-fol., cart., *non rogné*, couv.

Suite complète de 12 lithographies ; épreuves sur PAPIER DE CHINE.

282. — Album lithographique par Charlet. *Paris, Gihaut frères*, 1834, pet. in-fol., cart., *non rogné*, couv.

Suite complète comprenant la vignette de la couverture et 18 lithographies ; épreuves sur PAPIER DE CHINE.

283. — Alphabet moral et philosophique, à l'usage des petits et des grands enfans, par Charlet. *Paris, Gihaut frères*, 1835, in-fol., cart., *non rogné*, couv.

Suite complète comprenant la vignette de la couverture et 25 lithographies ; épreuves sur PAPIER DE CHINE.

284. DARJOU (A.). La Bretagne (Voyage comique et pittoresque), par A. Darjou. *Paris, lith. Vayron, s. d.*, in-4, cart., couv. (*Champs.*)

Album complet de 20 lithographies (avec 37 sujets) y compris le titre.

285. DAUBIGNY (Ch. Fr.). Album de Croquis originaux, d'Eaux-Fortes, de Gravures sur bois, etc. *S. l. n. d.*, in-fol., demi-rel. dos et coins de mar. vert.

Réunion de 20 CROQUIS ORIGINAUX au crayon et à la plume et de 75 eaux-fortes en épreuves d'artiste, avant la lettre, fumés, etc., choisies parmi les meilleures productions de *Ch. Fr. Daubigny*. Superbe collection.

On a ajouté le portrait de l'artiste par *Ch. Chaplin*.

Ex-libris de la comtesse de Noé, par *Aglaüs Bouvenne*.

286. DAUBIGNY (Ch. Fr.). Eaux-Fortes par Daubigny. *Paris, impr. Ch. Delâtre, s. d.* (1851), in-fol., cart., couv.

Suite complète d'un titre et 21 planches gravées à l'eau-forte par *Ch. Fr. Daubigny.*

Belles épreuves tirées sur PAPIER DE CHINE.

287. — Voyage en bateau. Croquis à l'eau-forte par Daubigny, 1862. (*Paris, Cadart, vers* 1875), pet. in-fol., demi-rel. dos et coins de chagrin rouge à grains longs, dos orné, tête dor., *non rogné.* (*Pagnant.*)

Suite complète d'un titre et 15 eaux-fortes, épreuves AVANT LA LETTRE sur PAPIER DU JAPON.

« Daubigny avait esquissé pour lui cette série de croquis, souvenir de ses voyages aux environs de Paris dans son bateau le *Bottin*, sans penser qu'elle serait publiée ».

De la collection GIACOMELLI.

288. DAUMIER (Honoré). Album de lithographies diverses par H. Daumier. *Paris, Aubert et Martinet, s. d.* (1845-1855), in-4, demi-rel. dos et coins de chagrin rouge à grains longs, dos orné, tête dor., *non rogné.* (*Pagnant.*)

Les Amis, 9 pl. — *Croquis de Bourse*, 6 pl. (avec 12 sujets). — *Croquis Parisiens*, 9 pl. (avec 18 sujets). — *Les Divorceuses*, 6 pl. — *L'Exposition Universelle*, 41 pl.

Toutes ces suites sont complètes sauf peut-être les *Croquis Parisiens*?

Ensemble 71 planches lithographiées.

289. — Album de lithographies diverses par H. Daumier. *Paris, Martinet, etc., s. d.* (1841-1858), in-4, demi-rel. dos et coins de chagrin rouge à grains longs, dos orné, tête dor., *non rogné.* (*Pagnant.*)

Les Comédiens de Société, 16 pl. — *Croquis dramatiques*, 15 pl. — *Croquis musicaux*, 17 pl. — *Physionomies tragico-classiques*, 15 pl.

Toutes ces suites sont complètes.

Ensemble 63 lithographies.

290. — Album de lithographies diverses par H. Daumier. *Paris, Aubert, Martinet, etc., s. d.* (1848-1858), in-4, demi-rel. dos et coins de chagrin rouge à grains longs, dos orné, tête dor., *non rogné.* (*Pagnant.*)

Idylles parlementaires, 16 pl. — *Messieurs les Bouchers*, 3 pl. — *Messieurs les Cochers*, 1 pl. — *Messieurs les Concierges*, 1 pl. — *Les*

Parisiens en 1852, 11 pl. — *Paris l'Été*. 5 pl. — *Paris qui boit*, 6 pl. — *Paris qui mange*, 1 pl. — *Les Portiers de Paris*, 3 pl. — *Profils contemporains*, 4 pl. — *Le Salon de 1857*, 7 pl. — *Scènes d'Ateliers*, 4 pl. — *Scènes Parisiennes*, 5 pl. — *Souvenirs du Congrès de la Paix*, 6 pl.

Ensemble 73 lithographies.

291. DAUMIER (Honoré). Album des Charges du Jour. 30 lithographies par H. Daumier. *Paris, Martinet, (lith. Destouches), s. d. (vers* 1860), in-4 obl., demi-rel. mar. grenat, *non rogné*, couv. (*Pagnant.*)

Titre et 30 lithographies.

292. — Alphabet. *Paris, Aubert, (lith. de Junca), s. d.* (1836), in-12, pl., cart.

Suite complète de 24 lithographies. Très rare.

Cartonnage original avec une lithographie du même artiste sur le premier plat.

293. — Les Baigneurs. — Les Baigneuses. *Paris, Bauger et Aubert, s. d.* (1839-1847), in-4, demi-rel. dos et coins de chagrin rouge à grains longs, dos orné, tête dor., *non rogné*. (*Pagnant.*)

Deux séries complètes de 30 et 17 lithographies. Épreuves coloriées.

294. — Les Baigneuses. *Paris, Aubert, s. d.* (1847), in-4, demi-rel. dos et coins de chagrin rouge à grains longs, dos orné, tête dor., *non rogné*. (*Pagnant.*)

Suite complète de 17 lithographies.

A la suite, du même artiste : *Les Plaisirs de la Villégiature*. Paris, Martinet, (lith. Destouches). s. d. (1858). Suite complète de 8 lithographies.

Ensemble 25 planches.

295. — Les Beaux Jours de la Vie. *Paris, Aubert et Cie, s. d.* (1843-1846), in-4, demi-rel. dos et coins de chagrin rouge à grains longs, dos orné, tête dor., *non rogné*. (*Pagnant.*)

Suite complète de 100 lithographies.

296. — Les Bons Bourgeois. *Paris, Aubert et Cie, s. d.* (1846-1849), in-4, demi-rel. dos et coins de chagrin rouge à grains longs, dos orné, tête dor., *non rogné*. (*Pagnant.*)

Suite complète de 82 lithographies.

297. DAUMIER (Honoré). Bohémiens de Paris. *Paris, (impr. d'Aubert et Cie), s. d.* (1840-1842), in-4, demi-rel. chagrin bleu, dos orné, *non rogné.* (*Rel. de l'époque.*)

Suite complète de 28 lithographies.

298. — Bohémiens de Paris. *Paris, (impr. d'Aubert et Cie), s. d.* (1840-1842), in-4, demi-rel. dos et coins de chagrin vert.

Suite complète de 28 lithographies.

Le même album renferme : *Les Robert-Macaire par Daumier. Mésaventures de Mr Gogo. — Les Robert-Macaire (2e Série). — L'Annonce et la Réclame. — Association en commandite pour l'exploitation de l'humanité.* Paris, L. Pannier et Cie, s. d., titre et 28 lithographies.

299. — Les Canotiers Parisiens par Daumier. *Paris, Pannier, (impr. d'Aubert et Cie), s. d.* (1843), in-4, demi-rel. dos et coins de chagrin rouge à grains longs, dos orné, tête dor., *non rogné,* couv. (*Pagnant.*)

Suite complète de 20 lithographies.

300. — Croquis d'Été. *Paris, Martinet, (lith. Destouches), s. d.* (1856-1858), in-4, demi-rel. dos et coins de chagrin rouge à grains longs, tête dor., *non rogné.* (*Pagnant.*)

Suite complète de 44 lithographies.

Quelques-unes sont l'œuvre de *Ed. de Beaumont, Cham* et *Vernier.*

301. — Émotions Parisiennes. *Paris, Bauger, (impr. d'Aubert et Cie), s. d.* (1839-1842), in-4, demi-rel. dos et coins de chagrin rouge à grains longs, dos orné, tête dor., *non rogné.* (*Pagnant.*)

Suite complète de 50 lithographies.

302. — Les Gens de Justice. *Paris, Aubert et Cie* (1845-1848), in-4, demi-rel. dos et coins de chagrin rouge, dos orné, tête dor., *non rogné* (*Pagnant.*)

Suite de 38 lithographies. Cette série, célèbre dans l'œuvre de l'artiste, se compose de 39 planches ; mais la dernière planche n'a pas été publiée dans le *Charivari* ainsi que les planches précédentes ; elle manque à la plupart des collections.

A la suite, du même artiste : *Les Avocats et les Plaideurs,* 4 pl.

Ensemble 42 planches.

303. DAUMIER (Honoré). HISTOIRE ANCIENNE. *Paris, Bauger et Cie (impr. d'Aubert et Cie), s. d.* (1841-1843), in-4, demi-rel. dos et coins de chagrin vert. (*Rel. du temps.*)

Suite complète de 50 lithographies. Epreuves coloriées.

304. — LOCATAIRES ET PROPRIÉTAIRES. *Paris, Aubert et Cie. s. d.* (1847-1856), in-4, demi-rel. dos et coins de chagrin rouge à grains longs, dos orné, tête dor., *non rogné.* (*Pagnant.*)

Trois suites complètes comprenant ensemble 40 lithographies : 1re série, 32 pl. en hauteur. — 2e série, 11 pl. en largeur. — 3e série, 6 pl. en largeur.

305. — MŒURS CONJUGALES. *Paris, Bauger, (impr. d'Aubert et Cie, s. d.* (1839-1842), in-4, demi-rel. dos et coins de chagrin bleu à grains longs, dos orné, *non rogné.* (*Pagnant.*)

Suite complète de 60 lithographies,

306. — Panorama comique par Daumier. Coquetterie. — Silhouettes. — Monomanes. — Scènes grotesques. — Sentiments et Passions. *Paris, L. Pannier et Cie, s. d.* (*vers* 1841), in-4, demi-rel. dos et coins de chagrin rouge à grains longs, dos orné, tête dor., *non rogné.* (*Pagnant.*)

Album complet comprenant un titre et 36 lithographies.

307. — PASTORALES. *Paris, Aubert et Cie, s. d.* (1845-1846), in-4, demi-rel. dos et coins de chagrin rouge à grains longs, dos orné, tête dor., *non rogné.* (*Pagnant.*)

Suite complète de 50 lithographies.

308. — Les Pratiques des Marchands de Paris. *Paris, Bauger, (impr. d'Aubert et Cie), s. d.* (1839), in-4, cart.

Suite complète de 6 lithographies.

309. — PROFESSEURS ET MOUTARDS. *Paris, Aubert et Cie, s. d.* (1845-1846), in-4, demi-rel. dos et coins de chagrin rouge à grains longs, dos orné, tête dor., *non rogné.* (*Pagnant.*)

Suite complète de 32 lithographies.

310. DAUMIER (Honoré). [ROBERT MACAIRE. Galerie morale des voleurs, spéculateurs, dupeurs, tireurs, enfonceurs, blagueurs divers que nous rencontrons dans Paris, par Daumier et Philipon]. *Paris, Aubert, s. d.* (1836-1838), in-4, demi-reliure dos et coins de mar. bleu, *non rogné.* (*Magnin.*)

Collection complète composée de 100 lithographies avec légendes par *Ch. Philipon.* Epreuves coloriées.

311. — TYPES PARISIENS. *Paris, Bauger, (impr. d'Aubert et Cie), s. d.* (1841-1843), in-4, demi-rel. dos et coins de chagrin rouge à grains longs, dos orné, tête dor., *non rogné.* (*Pagnant.*)

Collection complète de 50 lithographies. Epreuves coloriées.

312. — VARIÉTÉS DROLATIQUES par Daumier. Vulgarités. — Les Musiciens de Paris. — Proverbes de famille. — Proverbes et Maximes.—La Pêche. — La Journée du Célibataire. — Les Saltimbanques. *Paris, L. Pannier et Cie, s. d.* (1843), in-4, demi-rel. dos et coins de chagrin rouge à grains longs, dos orné, tête dor., *non rogné.* (*Pagnant.*)

Album complet comprenant un titre et 50 lithographies.

313. DECAMPS (A.-G.). Sujets de Chasse. *London, Fiel et Paris, Gihaut* (1829-1830), in-4 obl., cart.

Suite complète de 8 lithographies en noir, en divers états.
« Le chef-d'œuvre de Decamps, en fait de lithographie. Beraldi. »

314. DELACROIX (E.). FAUST, tragédie de M. de Gœthe, traduite en français par M. Albert Stapfer, ornée d'un portrait de l'auteur et de dix-sept dessins composés d'après les principales scènes de l'ouvrage et exécutés sur pierre par M. Eugène Delacroix. *Paris, Ch. Motte,* 1828, in-fol., portr. et pl., demi-rel. dos et coins de chagrin rouge, dos orné, tête dor. (*Pagnant.*)

Suite complète des illustrations seules qui ornent cet ouvrage.
PREMIER TIRAGE des romantiques lithographies de *Delacroix,* tirées sur papiers de couleurs différentes, blanc, bleu et rose.

315. DELACROIX (E.). Hamlet. Treize sujets dessinés par Eug. Delacroix. *Paris, Gihaut frères* (*lith. de Villain*), *s. d.* (1843), in-fol., demi-rel. dos et coins de chagrin rouge, dos orné, tête dor., *non rogné*, couv. (*Pagnant.*)

Suite de 13 lithographies en épreuves du PREMIER TIRAGE.

316. — Hamlet. Seize sujets dessinés et lithographiés par Eugène Delacroix. *Paris, Dusacq, Levy frères, Pagnerre*, 1864, in-fol., demi-rel. dos et coins de chagrin rouge à grains longs, dos orné, tête dor., *non rogné.* (*Pagnant.*)

Nouvelle édition comprenant un titre, 16 lithographies (dont 3 planches nouvelles en PREMIER TIRAGE) et une table.

317. DELARUE (F.). TABLEAU DE PARIS, ou Costumes, Habitudes et Usages des Habitants de cette Capitale. Dessinés d'après nature en 1827, par F. Delarue. *Paris, Ch. Motte*, (1827), pet. in-4 obl., demi-rel. mar. rouge, *non rogné*, couv. (*Lemardeley.*)

Suite de 21 lithographies (nos 1 à 21). Epreuves coloriées. Premier plat de la couverture servant de titre conservé. Très rare.

318. DEVÉRIA (Achille). Album de douze sujets composés et lithographiés par Ale Devéria. *Paris, Ch. Motte*, 1830, in-4, cart., couv.

Suite complète de 12 lithographies et couverture illustrée.

319. — Alphabet varié. Choix de Costumes dessinés d'après nature par A. Devéria. *Paris, Ad. Fonrouge, s. d.* (*vers* 1830), in-fol., cart.

Suite complète de 25 lithographies, précédées du premier plat de la couverture servant de titre.

Intéressante suite de portraits de Mlles H. Dubois, A. Boulanger, Devéria, Menessier-Nodier, Bixio, etc., dans des costumes variés.

320. — Contes de La Fontaine par A. Devéria. *Paris, E. Ardit et H. Gaugain, s. d.* (1830), in-4, cart., couv.

Suite complète comprenant la couverture et 33 lithographies (30 coloriées et 3 en noir). Premier plat d'une couverture de livraison conservé. Rare complet.

321. DEVÉRIA (Achille). COSTUMES HISTORIQUES de ville ou de théâtre et Travestissemens, par A. Devéria. *Paris, Goupil et Vibert, s. d.* (1831), in-fol., demi-rel. dos et coins de mar. rouge à grains longs, dos orné, tête dor., *non rogné.* (*Pagnant.*)

Collection de 121 planches de costumes lithographiées par *Gattier*, d'après les dessins de *Devéria*, en PREMIER TIRAGE. Epreuves coloriées.

Cette suite de costumes est en même temps une galerie de portraits et non des moins beaux qu'ait dessinés *Devéria* ; on y voit représentés : Mmes Dorval, Fanny Elssler, Cornélie Falcon, Noblet, Rachel, Plessy, Taglioni, Nodier, Regnier, etc., MM. Albert, Lockroy, Deveria, Gervais fils, A Royer, etc. (Voy. *Les portraits lithographiés par Ach. Devéria*, par H. Beraldi. p. 59 et suivantes).

Premier plat de la couverture servant de titre, conservé.

322. — DIX-HUIT HEURES DE LA JOURNÉE D'UNE PARISIENNE, par A. Devéria. *Paris, Ostervald aîné et Fonrouge, s. d.* (*vers* 1830), in-fol., cart.

Titre et 18 lithographies. Très belle collection.

323. — Les Douze Mois. *Paris, Vve Turgis, s. d.* (*vers* 1830), pet. in-fol., cart.

Suite complète de 12 lithographies. Épreuves coloriées.

324. — Les Douze Mois de l'Année et leurs Passe-tems. Dessinés par A. Devéria. *Paris, Rittner et Goupil, s. d.* (*vers* 1830), in-fol., cart.

Suite complète de 12 lithographies par *Devéria, V. Adam, Sabatier*, etc., précédées du premier plat de la couverture servant de titre.

325. DEVÉRIA et BOULANGER. Souvenirs du Théâtre anglais à Paris, dessinés par Devéria et Boulanger. Avec un texte par M. Moreau. *Paris, H. Gaugain*, 1827, in-fol., pl., demi-rel. dos et coins de mar. rouge, dos orné, *non rogné.* (*Bauzonnet-Trautz.*)

Orné de 12 lithographies coloriées, scènes du théâtre de Shakespeare et de 3 portraits. Premier plat de couverture de livraison illustrée, conservé.

326. DORÉ (Gustave). Des-Agréments d'un Voyage d'agrément par Gustave Doré. *Paris, Aubert et Cie, s. d.* (1854), in-4 obl., cart. original.

Suite complète d'un titre et de 24 lithographies.

327. DORÉ (Gustave). Les différents Publics de Paris. Par Gustave Doré. *Paris, lith. Vayron, s. d.* (1854), in-4 obl., demi-rel. dos et coins de chagrin rouge à grains longs, dos orné, tête dor., *non rogné.* (*Pagnant.*)

Suite complète d'un titre par *A. Belin*, et de 20 lithographies.

328. — Folies-Gauloises, depuis les Romains jusqu'à nos jours, album de mœurs et de costumes. *Paris, lith. Vayron, s. d.* (1852), in-4 obl., demi-rel. dos et coins de chagrin rouge à grains longs, dos orné, tête dor., *non rogné.* (*Pagnant.*)

Suite de 20 lithographies. Envoi de l'auteur à Nadar.

329. — La Ménagerie Parisienne par Gustave Doré. *Paris, lith. Vayron, s. d.* (1854), in-4, obl., cart., *non rogné*, couv.

Suite complète d'un titre et de 24 lithographies. Premier plat de la couverture conservé.

330. — Les Travaux d'Hercule par G. Doré. *Paris, Aubert et Cie, s. d.* (1847), in-8 obl., cart. toile, couv.

Suite complète de 46 planches précédées de 2 ff. de texte.
C'est le premier album lithographié par *G. Doré.*

331. DREUX (Alfred de). Croquis de Chevaux par Alfred de Dreux. *Paris, Goupil et Vibert* (*impr. lith. de Cattier*), *s. d.* (*vers* 1850), in-fol. obl., cart. toile, fers spéciaux, tr. dor.

24 planches lithographiées. Epreuves coloriées.

332. FORAIN (J. L.). Nous, Vous, Eux! (50 Dessins) par J.-L. Forain. *Paris, s. d.* (1893), in-fol., cart., *non rogné*, couv. (*Carayon.*)

Papier de Chine tiré à 75 exemplaires.

333. — Rires et Grimaces. Vingt dessins de J. L. Forain gravés sur bois par Florian. *Paris, Lud. Baschet, s. d.*, in-4, cart., *non rogné*, couv. (*Carayon.*)

Titre et 20 planches par *J. L. Forain*, la dernière par *Fernand Fau*, gravés sur bois par *Florian* et *Michelet.*

Un des 50 exemplaires numérotés sur Papier de Chine, avec les planches en double état, avec et avant la lettre.

334. FORAIN (J.-L.). Rires et Grimaces. *S. l. n. d.* (*Paris, Baschet*), in-4, cart., *non rogné*. (*Carayon.*)

Vignette ornant le titre et 19 gravures sur bois par *Florian* d'après *Forain*, en épreuves à l'état de FUMÉS SUR PAPIER PELURE DU JAPON.

335. — Les Temps difficiles (Panama) par J. L. Forain. *Paris, Charpentier et Fasquelle*, 1893, in-4, cart., *non rogné*, couv. (*Carayon.*)

Titre et 20 planches.

Un des 100 exemplaires numérotés sur PAPIER DE CHINE, avec les planches en double état, avec et AVANT LA LETTRE.

336. GAVARNI. Les Actrices. *Paris, (Aubert et Cie), s. d.* (1839-1841), in-4, demi-rel. peau du truie. (*Pagnant.*)

Suite complète de 14 lithographies.

337. — Album des Gens du Monde. 20 lithographies par Gavarni. Savoir: Les transactions, les traductions en langue vulgaire, Rien n'est bien, le Dimanche, les Muses. *Paris, L. Pannier et Cie*, 1843, in-4 obl., demi-rel. dos et coins de chagrin rouge à grains longs, dos orné, tête dor., *non rogné*. (*Pagnant.*)

Titre et 20 lithographies.

338. — Baliverneries Parisiennes. *Paris, Aubert et Cie*, (1846-1847), in-4, demi-rel. dos et coins de chagrin rouge à grains longs, dos orné, tête dor., *non rogné*. (*Pagnant.*)

Suite complète de 24 lithographies, épreuves tirées sur PAPIER DE CHINE.

339. — La Boîte aux Lettres. *Paris, Aubert, s. d.* (1837-1839), in-4, chagrin violet, fil. dorés, plaque ornementale à froid sur chacun des plats, tr. marbr. (*Rel. de l'époque.*)

Suite complète de 34 lithographies. Epreuves coloriées.

340. — Le Carnaval. *Paris, Aubert, s. d.* (1838-1839), in-4, cart. toile. (*Rel. de l'époque.*)

Suite complète de 27 lithographies. Epreuves coloriées.

341. GAVARNI. Le Carnaval à Paris. *Paris, Beauger et Cie*, (*impr. d'Aubert et Cie*), *s. d.* (1841-1843), in-4, demi-rel. dos et coins de chagrin rouge à grains longs, dos orné, tête dor., *non rogné*. (*Pagnant.*)

Suite complète de 40 lithographies. Epreuves coloriées.

342. — Le Carnaval. *Paris*, (*impr. d'Aubert et Lemercier*), *s. d.* (1846-1848), in-4, demi-rel. dos et coins de chagrin rouge à grains longs, dos orné, tête dor. (*Pagnant.*)

Suite complète de 50 lithographies, en épreuves tirées sur PAPIER DE CHINE.

343. — Clichy. *Paris, Bauger*, (*impr. d'Aubert et Cie*), *s. d.* (1840-1841), in-4, demi-rel. dos et coins de chagrin rouge à grains longs, dos orné, tête dor., *non rogné*. (*Pagnant.*)

Suite complète de 21 lithographies.

344. — Les Coulisses. *Paris, Aubert*, *s. d.* (1838), in-4, cart. toile. (*Rel. de l'époque.*)

Suite complète de 31 lithographies. Epreuves coloriées.

345. — D'après Nature. *Paris, impr. Lemercier, s. d.*, pet. in-fol., demi-rel. dos et coins de chagrin rouge à grains longs, dos orné, tête dor., *non rogné*.

Suite complète de 40 lithographies.
Une planche en double sur CHINE, ajoutée.

346. — LES DÉBARDEURS. *Paris, Bauger* (*impr. d'Aubert et Cie*), *s. d.* (1840-1842), in-4, demi-rel. dos et coins de chagrin bleu à grains longs, dos orné, tête dor. (*Pagnant.*)

Suite complète de 66 lithographies. Epreuves coloriées.

347. — Les Enfans terribles. 1er Série 50 Sujets, par Gavarni. *Paris, Bauger et Cie*, (*impr. d'Aubert et Cie*), *s. d.* (1838-1842), in-4, demi-rel. chagrin grenat, dos orné. (*Rel. de l'époque.*)

Suite complète d'un titre avec vignette et 49 lithographies.

348. GAVARNI. Études d'Enfants. *Paris, Gihaut frères et London, Tilt, s. d.* (*vers* 1840), in-4, demi-rel. peau de truie. (*Pagnant.*)

Suite complète de 12 lithographies. PREMIER TIRAGE.

349. — Les Étudians de Paris. *Paris, Bauger,* (*impr. d'Aubert et Cie*), *s. d.* (1839-1842), in-4, demi-rel. dos et coins de chagrin rouge à grains longs, dos orné, *non rogné.* (*Pagnant.*)

Suite complète de 60 lithographies.

350. — Fourberies de Femmes. (1ere Série). *Paris, Aubert, s. d.* (1837), in-4, demi-rel. dos et coins de chagrin rouge à grains longs, dos orné, tête dor., *non rogné.* (*Pagnant.*)

Suite complète de 12 lithographies. Épreuves coloriées.

351. — Fourberies de Femmes en matière de sentiment. 2e Série. *Paris, Bauger,* (*impr. d'Aubert et Cie*), *s. d.* (1840-1841), in-4, demi-rel. dos et coins de chagrin rouge à grains longs, dos orné, tête dor., *non rogné.* (*Pagnant.*)

Suite complète de 52 lithographies. Épreuves coloriées.

352. — Grand Album Gavarni, 40 des plus jolies caricatures, de Gavarni. — La Campagne, Les Plaisirs Champêtres, le Chevalier de Nogaroulet, Revers de Médailles, Interjections, Industrie des Enfants, les Phrases, les Rêves, la Politique. *Paris, Beauger et Cie, s. d.*, in-4, demi-rel. dos et coins de chagrin rouge à grains longs, dos orné, tête dor., *non rogné.* (*Pagnant.*)

Suite complète comprenant un titre et 40 lithographies.

353. — Illustrations de Gavarni publiées dans L'Abeille Impériale. *Paris, s. d.* (*vers* 1855), pet. in-fol., demi-rel. peau de truie.

Suite complète de 10 lithographies de *Gavarni,* en divers états. Portraits de l'impératrice Eugénie, de la princesse Mathilde, de la reine Victoria, etc.

354. GAVARNI. Illustrations de Gavarni publiées dans l'Artiste, journal de la Littérature et des Beaux-Arts. *Paris*, 1831-1857, gr. in-4, cart.

Collection de 73 lithographies par *Gavarni*. C'est la presque totalité des illustrations faites par cet artiste pour ce journal, car il n'en a exécuté que 75. Belles épreuves.

355. — Illustrations des Mélodies de Madame Jeanne Gavarni. Premier Dixain. *Paris, Martinet*, (*impr. de Lemercier*), *s. d.* (1854), pet. in-fol., demi-rel. peau de truie, couv. (*Pagnant.*)

Suite complète des 10 lithographies de *Gavarni*, sur Papier de Chine.

356. — Impressions de Ménage (2e Série). *Paris, Aubert*, *s. d.* (1846-1847), in-4, demi-rel. dos et coins de chagrin rouge à grains longs, dos orné, tête dor., *non rogné*. (*Pagnant.*)

Suite complète de 30 lithographies sur Papier de Chine.

357. — Keapsake des Enfants pour 1840. 12 jolis dessins par Gavarni. *Paris, Beauger et Cie*, (*lith. Coulon*), (1840), in-4, demi-rel. dos et coins de chagrin rouge à grains longs, dos orné, tête dor., *non rogné*, couv. (*Pagnant.*)

Suite complète de 12 lithographies.

358. — Leçons et Conseils. *Paris, Bauger*, (*impr. d'Aubert et Cie*), *s. d.* (1839-1841), in-4, cart.

Suite complète de 20 lithographies.

359. — Les Lorettes. *Paris, Bauger et Pannier*, (*impr. d'Aubert*), *s. d.* (1841-1843), in-4, demi-rel. dos et coins de chagrin rouge à grains longs, dos orné, tête dor. (*Pagnant.*)

Suite complète de 79 lithographies. Épreuves coloriées.

360. — Le Manteau d'Arlequin. *Paris, impr. Lemercier*, *s. d.* (1852), in-4, demi-rel. dos et coins de chagrin rouge à grains longs, dos orné, tête dor., *non rogné*. (*Pagnant.*)

Suite complète de 12 lithographies.

361. GAVARNI. MASQUES ET VISAGES. *Paris, Librairie nouvelle, (impr. Lemercier), s. d.* (1851-1853), 3 vol. in-4, demi-rel. dos et coins de chagrin rouge à grains longs, dos orné, tête dor., *non rognés*, couv. (*Pagnant.*)

Collection complète de 18 albums contenant ensemble 329 lithographies de *Gavarni : Bohêmes*, 20 pl. — *Les Petits mordent*, 10 pl. — *Ce qui se fait dans les meilleures sociétés*, 10 pl., — *Piano*, 10 pl. — *Les Maris me font toujours rire*, 30 pl. — *La Foire aux Amours*, 10 pl. — *Histoire d'en dire deux*, 10 pl. (sans couverture). — *Messieurs du Feuilleton*, 9 pl. — *Les Invalides du Sentiment*, 30 pl. — *Les Parents terribles*, 20 pl. — *Histoire de Politiquer*, 30 pl. — *Les Anglais chez eux*, 20 pl. — *Manière de voir des Voyageurs*, 10 pl. — *Etudes d'Androgynes*, 10 pl. — *Les Propos de Thomas Vireloque*, 20 pl. — *L'Ecole des Pierrots*, 10 pl. — *Les Partageuses*, 40 pl. — *Les Lorettes vieillies*, 30 pl.

362. — Masques et Visages par Gavarni. (Série nouvelle). Par-ci, par-là. *Paris, Paulin et Le Chevalier, (impr. Lemercier), s. d.* (1857-1858), pet. in-fol., demi-rel. dos et coins de chagrin rouge à grains longs, dos orné, tête dor., *non rogné*, couv. (*Pagnant.*)

Suite complète de 50 lithographies.
Le même volume renferme : Physionomies parisiennes. *Paris, s. d.* (1857-1858), pet. in-fol. Suite complète de 50 lithographies.
Ensemble 100 planches en PREMIER TIRAGE.
Couvertures de livraisons conservées.

363. — Musée Gavarni. 28 lithographies. Savoir : Les Martyrs, un Couplet de Vaudeville, Croquis fantaisistes, M. Loyal, les Artistes, Camaraderies, Caricature de Modes. *Paris, L. Pannier et Cie*, 1833, in-4, demi-rel. dos et coins de chagrin rouge à grains longs, dos orné, tête dor., *non rogné.* (*Pagnant.*)

Titre et 28 lithographies.

364. — Nuances du Sentiment. *Paris, Bauger, (impr. d'Aubert et Cie), s. d.* (1839-1840), in-4, demi-rel. veau brun, dos orné, *non rogné.* (*Rel. de l'époque.*)

Suite complète de 25 lithographies.

365. — Œuvres nouvelles de Gavarni. *Paris, impr. d'Aubert et Lemercier, s. d.* (1844-1848), in-4, demi-rel.

dos et coins de chagrin rouge à grains longs, dos orné, tête dor. (*Pagnant.*)

Affiches illustrées, 6 pl. — *Gentilshommes bourgeois,* 3 pl. — *Des Mères de Famille,* 5 pl.

Trois suites complètes comprenant ensemble 14 lithographies sur PAPIER DE CHINE.

366. GAVARNI. Œuvres nouvelles de Gavarni. *Paris, impr. d'Aubert et Lemercier, s. d.* (1846-1847), in-4, demi-rel. dos et coins de chagrin rouge à grains longs, dos orné, tête dor., *non rogné.* (*Pagnant.*)

Faits et Gestes du Propriétaire, 6 pl. — *Le Parfait Créancier,* 10 pl. — *Chemin de Toulon,* 10 pl.

Trois suites complètes comprenant ensemble 26 lithographies. Epreuves sur PAPIER DE CHINE.

367. — Paris le Matin, 12 pl. — Paris le Soir, 25 pl. *Paris, impr. d'Aubert et Cie, s. d.* (1839-1841), in-4, demi-rel. dos et coins de chagrin rouge à grains longs, dos orné, tête dor., *non rogné.* (*Pagnant.*)

Deux suites complètes comprenant ensemble 37 lithographies. Epreuves coloriées.

368. — Les Parisiens. 1re série. *Paris, H. Gache, (impr. Lemercier), s. d.* (1857), in-fol., demi-rel. dos et coins de chagrin rouge à grains longs, dos orné, tête dor., *non rogné.* (*Pagnant.*)

Suite complète de 12 lithographies sur PAPIER DE CHINE.

369. — Les Petits Bonheurs, 8 pl. avant les numéros. — Petits Jeux de société, 6 pl. — Les Petits Malheurs du Bonheur, 12 pl. *Paris, lith. de Caboche et d'Aubert, s. d.* (1837-1838), in-4, demi-rel. peau de truie. (*Pagnant.*)

Ces trois suites sont complètes.

370. — Politique des Femmes. *Paris, Bauger, (impr. d'Aubert), s. d.* (1839-1843), in-4, cart.

Suite complète de 20 lithographies.

371. — Scènes Parisiennes dessinées par Vor Adam et Gavarni. *Paris, Rittner et London, Tilt, s d.* (1829),

in-4, demi-rel. dos et coins de chagrin rouge à grains longs, dos orné, tête dor., *non rogné*, couv. (*Pagnant.*)

Suite de 7 lithographies sur PAPIER DE CHINE, dont 4 par *V. Adam* et 3 par *Gavarni*.

372. GAVARNI. Souvenirs du Bal Chicard. *Paris, Bauger (impr. d'Aubert et Cie), s. d.* (1839-1843), in-4, demi-rel. chagrin rouge, dos orné. (*Rel. de l'époque.*)

Suite complète de 20 lithographies.

373. — Souvenirs de Carnaval par Gavarni. *Paris, Rittner et Goupil, (impr. de Lemercier), s. d.* (1840), pet. in-fol., demi-rel. dos et coins de chagrin rouge à grains longs, dos orné, *non rogné*, couv. (*Pagnant.*)

Suite complète de 6 lithographies. Couverture illustrée.

374. — Souvenirs du Carnaval par Gavarni. 25 planches. Souvenirs du Carnaval. Les Bals masqués. Costumes historiques. *Paris, L. Pannier et Cie, s. d.* in-4, demi-rel. dos et coins de chagrin rouge à grains longs, dos orné, tête dor., *non rogné*. (*Pagnant.*)

Titre et 25 lithographies.

375. — Les Toquades. *Paris, s. d.* (1858), in-fol., demi-rel. peau de truie. (*Pagnant.*)

Suite complète de 20 lithographies en épreuves AVANT TOUTES LETTRES sur PAPIER DE CHINE.

376. — La Vie de Jeune Homme. *Paris. Aubert et Bauger, s. d.* (1840-1841), in-4, demi-rel. dos et coins de chagrin rouge à grains longs, dos orné, tête dor., *non rogné*. (*Pagnant.*)

Suite complète de 36 lithographies.

377. GAVARNI et DEVERIA. Nouveaux Travestissements pour le Théâtre et pour le Bal. Année 1833. *Paris, Rittner et Goupil et London, Ch. Tilt, (lith. de Frey, Lemercier, etc.)*, (1833), in-fol., pl., cart., couv.

Jolie collection de 24 lithographies par *Gavarni*, quelques-unes par *Devéria*, de costumes de travestissements féminins. Epreuves coloriées.

378. GÉRARD FONTALLARD. BLUETTES, par Gérard-Fontallard. *Paris, Dauty*, (*lith. de Ducarme et Ratier*), *s. d.* (*vers* 1830), in-4 obl., demi-rel. dos et coins de chagrin rouge à grains longs, dos orné, tête dor., *non rogné*, couv. (*Pagnant.*)

Suite complète de 18 lithographies par *H. Gérard-Fontallard*, chacune avec 6 sujets. Epreuves coloriées. Rare.

379. GERBAULT. Parisiennettes. Album H. Gerbault. *Paris, s. d.*, in-4, cart., *non rogné*, couv. (*Carayon.*)

Album de 28 planches, quelques-unes à plusieurs sujets.
Un des 45 exemplaires numérotés sur PAPIER DE CHINE.

380. GRANDVILLE. Chaque Age a ses Plaisirs, par Grandville. (Les Amusemens de l'Enfance. Les Plaisirs de la Jeunesse. Les Jouissances de l'Age mûr. Les Passe-Tems de la Vieillesse). *Paris, lith. de Langlumé*, *s. d.* (1827), in-4 obl., demi-rel. dos et coins de mar. violet à grains longs, dos orné.

Suite de 10 lithographies. Epreuves coloriées. Premier plat de la couverture conservé.

381. — Le Dimanche d'un bon Bourgeois ou les Tribulations de la petite Propriété par Isidore Grandville. *Paris, Langlumé et Cie* (*et Duval*), *s. d.* (*vers* 1835), in-4 obl., cart., couv. (*Carayon.*)

Suite complète de 12 lithographies. Epreuves coloriées. Premier plat de la couverture conservé.

382. — LES MÉTAMORPHOSES DU JOUR par I. Adolphe Grandville. *Paris, Bulla*, (*lith. de Langlumé*), 1829, in-4 obl., demi-rel. du temps.

Suite complète de 73 lithographies. Epreuves coloriées, précédées d'un titre, avec vignette de *Grandville*, imprimé en noir sur papier vert.

383. — Voyage pour l'Eternité. Service général des Omnibus accélérés. Départ à toute heure et de tous les points du globe. Nota. Le Directeur de l'entreprise prévient MM. les Voyageurs qu'il ne se charge d'aucun paquet. Paris, I. Grandville. *Paris, Bulla*, (*lith. de Langlumé*), *s. d.* (1829), in-4 obl., cart. toile.

Suite complète d'un titre et 9 lithographies. Épreuves coloriées.
Le titre, avec lithographie de *Grandville*, est imprimé en noir sur papier vert.

384. GRÉVEDON. Alphabet des Dames ou Recueil de Vingt-cinq Portraits de Fantaisie par H. Grévedon. *Paris (lith. de Lemercier), s. d. (vers* 1835), in-fol., cart., *non rogné*, couv.

Suite complète de 25 belles lithographies. Epreuves coloriées. (Une planche est en noir, et une planche est un peu plus courte).

385. — Alphabet des Prénoms féminins. *Paris et London, s. d. (vers* 1830), in-fol., cart., *non rogné*.

Suite complète de 25 portraits lithographiés. 4 portraits sont coloriés.

386. — Le Vocabulaire des Dames, lithographié par H. Grévedon. *Paris, Rittner et Goupil et London, Tilt,* 1832, in-fol., demi-rel. dos et coins de mar. rouge, dos orné, tête dor., *non rogné*. (*Champs-Stroobants.*)

Suite complète de 24 jolis portraits de femmes lithographiés.
Épreuves coloriées. Le premier plat de la couverture sert de titre à cette suite.

387. GRÉVIN (A.). Les Filles d'Eve, album de travestissements plus ou moins historiques par A. Grévin. *Paris, (typ. Plon et Cie), s. d. (vers* 1875), in-4 obl. cart., couv.

24 lithographies par *Gillot*, d'après *Grévin*. Epreuves coloriées.

388. HERVIER. Six Eaux-Fortes par Hervier. *Paris, Delâtre,* 1875, pet., in-fol., cart., *non rogné*, couv.

Suite complète de 6 eaux-fortes AVANT LA LETTRE sur PAPIER DE CHINE.

389. HUET (P.). Six Eaux-Fortes par P. Huet. *Paris, Rittner et Goupil*, 1835, in-fol., cart., *non rogné*, couv.

Suite complète de 6 eaux-fortes représentant des paysages. Premières épreuves tirées sur PAPIER DE CHINE.

390. ISABEY (Eugène). Souvenirs. *Paris, Morlot, (lith. de Lemercier et Motte), s. d.* (1832), in-fol., cart.

Suite de 5 belles lithographies dont quatre sont tirées sur PAPIER DE CHINE.

391. ISABEY (Eugène). Six Marines dessinées sur pierre, par Eug. Isabey. *Paris, V. Morlot (impr. par Ch. Motte)*, 1833, in-fol., pl., demi-rel. de l'époque, *non rogné*, couv.

Six très belles lithographies tirées sur Papier de Chine.

392. ISABEY (J. B.). Caricatures. *Paris, lith. de Ch. Motte, s. d.* (1818), in-4 obl., demi-rel. dos et coins de chagrin bleu foncé, dos orné.

Suite complète de 12 lithographies. Épreuves coloriées.

393. JAIME. La Vie d'un Journaliste par Jaime. *Paris, Gihaut frères, s. d.* (*vers* 1840), in-4, demi-rel. dos et coins de mar. orange, *non rogné*, couv.

Suite complète de 12 lithographies. Épreuves coloriées.
Premier plat de la couverture de publication conservé.

394. JONGKIND. Cahier de six eaux-forte (*sic*). Vues de Hollande par Jongkind. *Paris, imp. Delâtre*, 1862, in-fol., cart., couv.

Suite complète comprenant un titre et 6 eaux-fortes par *Jongkind*. Rare.

395. LAMI (Eugène). Les Contretems. *Paris, Gide fils*, (*lith. de Villain*), (1823-1824), pet. in-4 obl., pl., demi-rel. dos et coins de chagrin rouge à grains longs, dos orné, tête dor., *non rogné*. (*Pagnant.*)

Suite complète de 24 lithographies. Épreuves coloriées.
Ces planches sont pour la plupart de curieuses imitations de la suite de Rowlandson : *Miseries of human life*. (Voir no 240).

396. — Étrennes à Terpsichore ou Recueil de Contre-danses, Anglaises et Valzes, composées par Mrs Rubner et M***. Orné de jolies gravures. *Paris, Gide fils, s. d.* (*vers* 1825), pet. in-4 obl., demi-rel. chagrin rouge, pet. dent., tr. dor. (*Rel. de l'époque.*)

Orné de 7 planches gravées par *Lebas* d'après *E. Lami* et coloriées, représentant des personnages dans des costumes civils et militaires du temps, dansant *le Pantalon, l'Été, la Poule, la Pastourelle*, etc.

397. — Panorama du Bois de Boulogne. *Paris, Delpech*, 1828, in-4 obl., demi-rel. dos et coins de chagrin rouge, dos orné, tête dor. (*Pagnant.*)

Titre lithographié en noir avec vignette et 10 planches lithographiées. Épreuves coloriées.

Ainsi que dans la plupart des exemplaires les pl. sont numérotées 2 à 10 et 12.

398. LAMI (Eugène). QUADRILLE DE MARIE STUART, 2 Mars 1829. (*Paris, lith. de Fonrouge,* 1829), in-fol., pl., demi-rel. dos et coins de chagrin rouge, dos orné, *non rogné.* (*Pagnant.*)

Titre et 26 planches de costumes (22), entrées et vues (4) du bal offert par la duchesse de Berry.

Ces planches, lithographiées d'après les aquarelles d'*Eugène Lami*, ont été coloriées au pinceau et les planches de costumes sont tirées sur CHINE.

Très rare, n'ayant été tiré qu'à quelques exemplaires pour les personnages du quadrille.

399. — Recueil de Voitures Françaises dessinées par Eugène Lami. *Paris, Delpech, s. d.,* in-4 obl., demi-rel. dos et coins de chagrin rouge, dos orné, *non rogné,* couv. (*Pagnant.*)

Suite complète de 12 lithographies. Épreuves coloriées.

400. — Six Quartiers de Paris. *Paris, Delpech, s. d.* (1827), in-4 obl., demi-rel. dos et coins de chagrin rouge, dos orné, *non rogné,* couv. (*Pagnant.*)

Suite complète de 6 lithographies. Épreuves coloriées. Premier plat de la couverture illustrée conservé.

401. — Souvenirs de Londres. *Paris, Lami-Denozan,* (*lith. de Villain*), 1826, in-4 obl., demi-rel. veau vert, couv.

Suite complète de 12 lithographies. Épreuves coloriées.

402. — SOUVENIRS DU CAMP DE LUNÉVILLE. Par E. Lamy. *Paris, Delpech,* 1829, in-4, demi-rel. dos et coins de chagrin brun, dos orné, tête dor., *non rogné,* couv. (*Pagnant.*)

Suite complète de 6 lithographies. Épreuves coloriées. Couverture illustrée conservée. Très rare.

403. — Tribulations des Gens à Equipages. *Paris, Delpelch, s. d.* (1827), in-4 obl., cart. toile.

Suite complète de 6 lithographies. Épreuves coloriées.

404. LAMI (Eugène). LA VIE DE CHÂTEAU. *Paris, Gihaut frères, s. d.* (1828-1832), in-4 obl., demi-rel. chagrin bleu, fil. (*Rel. de l'époque.*)

Deux séries complètes de 10 planches chacune.
Ensemble 20 lithographies par *Eug. Lami.* Epreuves coloriées.

405. LAMI et MONNIER. Voyage en Angleterre, par Eug. Lami et H. Monnier. *Paris, Didot et Lami Demozan,* (1829)-1830, in-fol., demi-rel. dos et coins de chagrin grenat, dos orné, tête dor., *non rogné.* (*Pagnant.*)

25 lithographies de *Monnier* et *Lami* tirées sur 24 feuilles, épreuves coloriées. 4 feuillets de texte explicatif.
Une couverture de livraison conservée.

406. LEPRINCE. Inconvéniens d'un Voyage en Diligence. *Paris, lith. de Engelmann et Langlumé, s. d.* (1826), in-4 obl., cart., *non rogné.* (*Carayon.*)

Suite complète de 12 lithographies. Épreuves coloriées.

407. LŒILLOT. Les Nouvelles Voitures Publiques de Paris dessinées d'après nature par Karl Lœillot. *Paris, Gihaut frères, s. d.* (*vers* 1825), in-4 obl., cart. toile, *non rogné,* couv.

Suite complète de 16 lithographies par *Lœillot Hartwig.* Épreuves coloriées.

408. MADOU. Physionomie de la Société en Europe depuis 1400 jusqu'à nos jours. Quatorze tableaux par Madou. *Bruxelles et Paris, Aubert,* (1837), in-fol., cart., couv.

Suite de 14 grandes lithographies.

409. — Souvenirs de Bruxelles dessinés par Madou. *Bruxelles, Dero-Becker,* (*lith. de Burggraaff*), *s. d.* (*vers* 1830), pet. in-4 obl., cart. du temps.

Suite complète d'un titre et 12 lithographies. Épreuves coloriées.

410. MARLET. NOUVEAUX TABLEAUX DE PARIS. *Paris, s. d.* (*vers* 1825), in-4 obl., mar. rouge, dos orné, riches encadrements de fil. autour des plats avec coins ornés, tr. dor.

Ce volume contient un titre et 72 lithographies avec autant de feuilles de texte.

Très bel exemplaire bien complet, avec les planches coloriées. Couverture de livraison conservée.

411. MONNIER (Henry). Les Boutiques de Paris. *Paris, Delpech, s. d.* (*vers* 1830), in-4 obl., demi-rel. dos et coins de chagrin rouge à grains longs, dos orné, *non rogné* (*Pagnant.*)

Suite complète de 6 lithographies. Épreuves coloriées.

412. — Esquisses Parisiennes par Henri Monnier. *Paris, Delpech*, 1827, in-4 obl., demi-rel. dos et coins de chagrin rouge à grains longs, dos orné, *non rogné.* (*Pagnant.*)

Suite complète d'un titre illustré et 10 lithographies. Epreuves coloriées.

413. — Galerie Théatrale par H. Monnier. *Paris, H. Gaugain et Cie, s. d.* (*vers* 1828), in-4, demi-rel. dos et coins de mar. brun, dos orné, tête dor., *non rogné*, couv. (*Pagnant.*)

Suite complète de 24 lithographies. Épreuves coloriées.
Une des meilleures suites de *Monnier*.

414. — Les Grisettes, leurs mœurs, leurs habitudes, leurs bonnes qualités, leurs préjugés, leurs erreurs, leurs faiblesses, etc., dessinées d'après nature au sein de leurs plaisirs, de leurs occupations, etc., etc. par Henry Monnier. *Paris, Giraldon Bovinet*, 1827, in-4, demi-rel. veau, dos orné. (*Rel. du temps.*)

Suite complète comprenant un titre et 42 lithographies des plus spirituelles et des plus intéressantes pour l'histoire des mœurs.
Epreuves coloriées.

415. — Les Grisettes, dessinées d'après nature par Henry Monnier. *Paris, H. Gaugain et E. Ardit, s. d.* (*vers* 1829), in-4, demi-rel. dos et coins de chagrin rouge à grains longs, dos orné, tête dor., *non rogné*, couv. (*Pagnant.*)

Suite complète d'une couverture illustrée et de 12 lithographies. Epreuves coloriées.

416. MONNIER (Henry). Les Grisettes, à mon ami Mène. Henry Monnier. Commencées en 1829, terminées ou plutôt reprises en 1860. In-4, mar. vert olive à grains longs, dos orné, triple encadrement de fil. dorés, tr. dor. (*Chambolle-Duru.*)

Titre manuscrit avec aquarelle et 14 aquarelles originales de *Henri Monnier*, avec légendes manuscrites. Elles sont toutes signées par l'artiste.

417. — Les Grisettes par Henry Monnier. (*Paris*), *Delpech*, 1829, in-4 obl., demi-rel. mar. rouge. (*Lemardeley.*)

Suite complète d'un titre avec lithographie en noir et 6 lithographies coloriées.

418. — Jadis et Aujourd'hui par Henri Monnier. *Paris, Delpech*, 1829, in-4 obl., demi-rel. dos et coins de chagrin rouge à grains longs, dos orné, *non rogné*, couv. (*Pagnant.*)

Couverture illustrée et suite complète de 18 lithographies. Epreuves coloriées.

419. — La Fontaine. Vignettes pour ses Fables dessinées par Henry Monnier. *S. l.* (*Paris*), 1829, in-4 obl., demi-rel. dos et coins de mar. rouge, dos orné, couv. (*Rel. de l'époque.*)

Suite complète de 16 vignettes d'*Henry Monnier*, épreuves avant la lettre sur Papier de Chine appliqué.

420. — La Morale en action des Fables de La Fontaine. Collection de vignettes dessinées par Henry Monnier, et gravées par Thompson. *Paris, Perrotin*, 1830, in-8, fig., demi-rel. dos et coins de veau fauve, dos orné, *non rogné*, couv. (*Champs.*)

Suite complète de 16 vignettes gravées sur bois.

421. — Lithographies diverses par Henry Monnier. *Paris, Gihaut frères et Delpech, s. d.* (1828), in-4 obl., demi-rel. dos et coins de mar. vert, dos orné, tr. marbr. (*Rel. de l'époque.*)

1° *Mœurs Parisiennes*, 10 lithographies en largeur.
2° *Mœurs Administratives*, 12 lithographies en largeur.
3° *Mœurs Administratives*, 6 lithographies en hauteur.
4° *Exploitation générale des Modes et Ridicules de Paris*, 6 lithographies en hauteur.
5° *Une suite sans titre*, 10 lithographies en hauteur.

Toutes ces suites sont complètes. Ensemble 44 planches. Epreuves coloriées.

A la suite de cet album on a relié une série de 6 planches de caricatures anglaises comprenant 49 sujets dessinés et gravés par *R. Seymour*, publiée à *Londres* en 1829. Epreuves coloriées.

422. MONNIER (Henry). Passe Tems. *Paris, Delpech, s. d.* (*vers* 1830), in-4, cart.

Suite complète de 6 lithographies. Epreuves coloriées.

423. — Les Petites Misères et les Petites Félicités humaines, par Henry Monnier. *Paris, Delpech, s. d.* (1829), in-4, demi-rel. de l'époque.

Deux suites complètes contenant chacune 1 titre et 5 lithographies. Epreuves coloriées.

424. — Rencontres Parisiennes. *Paris, lith. de Senefelder, s. d.* (*vers* 1827), pet. in-4 obl., demi-rel. chagrin brun, dos orné. (*Rel. de l'époque.*)

Suite complète de 40 lithographies. Epreuves coloriées.

425. — Six quartiers de Paris par Henry Monnier. *Paris, Delpech*, 1828, in-4 obl., demi-rel. dos et coins de chagrin rouge à grains longs, dos orné, *non rogné*, couv. (*Pagnant.*)

Suite complète comprenant une couverture illustrée et 6 lithographies. Epreuves coloriées.

426. — Vues de Paris dessinées d'après nature par Henry Monnier. (*Paris*), *Delpech*, 1829, in-4, demi-rel. mar. rouge. (*Lemardeley.*)

Suite complète d'un titre avec lithographie en noir et 4 lithographies. Epreuves coloriées.

427. MORNER (H.). Scènes Populaires de Naples en douze tableaux, dessinées et lithographiées par H. Morner.

Paris, Gihaut frères, 1828, in-4 obl., cart., *non rogné*, couv.

Suite complète de 12 lithographies ; épreuves coloriées.
Premier plat de la couverture conservé.

428. PIGAL. Affaires de la Journée à Rome, par Pigal. *Paris. Gihaut, (lith. de Langlumé), s. d. (vers* 1830), in-4, demi-rel. dos et coins de mar. rouge, *non rogné.*

Suite complète de 12 lithographies. Epreuves coloriées.
Premier plat de la couverture conservé.

429. — Médailles ou Contrastes par Pigal. (*Paris*). *Gihaut frères, (lith. de Langlumé), s. d. (vers* 1830), in-4, cart., *non rogné*, couv.

Suite complète de 24 lithographies. Epreuves coloriées.
Premier plat de la couverture conservé.

430. — MŒURS PARISIENNES par Pigal. *Paris, Gihaut frères (lith. de Langlumé), s. d. (vers* 1830), in-4, demi-rel. dos et coins de chagrin rouge à grains longs, dos orné, tête dor., *non rogné. (Pagnant.)*

Suite complète comprenant un titre et 100 lithographies. Epreuves coloriées.

431. — Recueil de Scènes Populaires par Pigal. *Paris, Martinet et Gihaut, (lith. de Langlumé), s. d. (vers* 1830), in-4, demi-rel. dos et coins de chagrin rouge à grains longs, dos orné, tête dor., *non rogné. (Pagnant.)*

Suite complète d'un titre et de 50 lithographies. Epreuves coloriées.

432. — Scènes de Société. *Paris, Gihaut et Martinet, (lith. de Langlumé), s. d. (vers* 1830), in-4, demi-rel. dos et coins de chagrin rouge à grains longs, dos orné, tête dor., *non rogné. (Pagnant.)*

Suite complète de 50 lithographies. Epreuves coloriées.
Contient une planche supplémentaire chiffrée 14.

433. — Scènes Familières par Pigal *Paris, Aubert, (lith. de Bernard)*, 1833, in-4, cart.

Suite complète d'un titre avec vignette en noir (extrait du *Charivari*) et de 24 lithographies. Epreuves coloriées.

434. PIGAL. Vie d'un Gamin de Paris en 12 chapitres, par Pigal. *Paris, Gihaut frères, (impr. lith. de Langlumé)*, 1826, in-4 obl., cart., *non rogné*, couv.

Suite complète de 12 lithographies coloriées. Premier plat de la couverture de publication conservé.

435. PIGAL, PAJOU et ARAGO. PROVERBES de Pigal, Pajou et Arago. *Paris, lith. de Langlumé, s. d. (vers* 1830), in-4, demi-rel. de l'époque.

Suite complète de 66 lithographies coloriées par *Pigal, Pajou* et *Arago*, accompagnées de 66 ff. de texte explicatif. Ce texte est très rare.

436. RAFFET (Aug.). ALBUMS LITHOGRAPHIQUES par Aug. Raffet. Années 1830 à 1837. *Paris, Gihaut frères*, 1830-1837, 8 part. en 2 vol. in-4 obl., demi-rel. dos et coins de mar. vert, dos orné, tête dor.

Série complète des 8 célèbres albums de *Raffet*, renfermant ensemble 8 titres et 96 lithographies, parmi lesquelles se trouvent les pièces capitales de l'artiste relatives aux guerres de la Révolution et de l'Empire.

Belles épreuves du PREMIER TIRAGE.

437. — ALBUM DE 1836 par Raffet. *Paris, Gihaut frères*, 1836, in-fol. obl., demi-rel. dos et coins de chagrin rouge, dos orné, *non rogné*. (*Pagnant.*)

Titre et 12 lithographies parmi lesquelles nous citerons : *La Consigne, — De quoi vous plaignez-vous, — Italie, — L'ennemi ne se doute pas que nous sommes là, — L'Homme du peuple, — Ils grognaient et le suivaient toujours*, etc.

Belles épreuves du PREMIER TIRAGE sur GRAND CHINE.

438. — ALBUM LITHOGRAPHIQUE DE 1837 par Raffet. *Paris, Gihaut frères*, (1837), in-fol. obl., demi-rel. dos et coins de chagrin rouge, dos orné, tête dor., *non rogné*, couv. (*Pagnant.*)

Titre et 12 lithographies parmi lesquelles nous citerons : *Demi-bataillon de gauche !... joue !... feu !... chargez, — La Veille, — Le Lendemain, — Nous civiliserons ces gaillards là, — Bautzen, — Le Camp, — 1807, — A ce jeu là on n'attrape que des coups, — Le Guide, — La Revue nocturne*, etc.

Belles épreuves du PREMIER TIRAGE sur GRAND CHINE.

Un des meilleurs albums publiés par *Raffet*.

439. RAFFET (Aug.). ALBUM DE DESSINS ET DE LITHOGRAPHIES par Aug. Raffet. (*Paris*, 1832-1854), in-fol. obl., demi-rel. dos et coins de chagrin rouge à grains longs, dos orné, tête dor. (*Pagnant.*)

Cet album contient 12 des plus belles lithographies de *Raffet* publiées séparément et 3 dessins.

1° Affiche pour l'Histoire de Napoléon de Norvins,

2° Affiche pour l'Histoire de Napoléon de Norvins, lithographie coloriée,

3° Infanterie polonaise marchant à l'ennemi, 1813,

4° Retraite du bataillon sacré à Waterloo, 18 juin 1815,

5° Le Réveil,

6° Combat d'Oued-Alleg,

7° Marche sur Constantine (première pensée),

8° Le Colonel du 17e léger,

9° Le Drapeau du 17e léger,

10° S. A. R. le Duc d'Aumale,

11° Catalans sur la Rambla,

12° Le Rêve.

13° 2 DESSINS ORIGINAUX à la plume et à la sépia, *Avant* et *Après la Bataille*,

14° un CROQUIS ORIGINAL à la mine de plomb, pour l'*Affaire de Sidi-Brahim*.

Ensemble 15 pièces.

440. — Croquis pour l'Amusement des Enfans par Raffet. *Paris, Gihaut frères et London, Mc Lean*, 1829, in-4 obl., demi-rel. dos et [illegible] de chagrin rouge à grains longs, dos orné, tête dor., *non rogné*, couv. (*Pagnant.*)

Couverture, titre et 20 planches lithographiées comprenant près de 120 sujets parmi lesquels nous citerons : *Batterie d'Artillerie défilant au galop devant un moulin, Attaque d'un pont par la cavalerie française*, etc. PREMIER TIRAGE.

441. — Dessins faits d'après nature au Siége de la Citadelle d'Anvers par Raffet. *Paris, Gihaut frères, s. d.* (1833), in-fol., demi-rel. dos et coins de chagrin rouge, dos orné, tête dor., *non rogné*, couv. (*Pagnant.*)

Suite complète de 24 lithographies quelques-unes sur PAPIER DE CHINE.

442. — PRISE DE CONSTANTINE. Douze Sujets, par Raffet. *Paris, Gihaut frères, s. d.* (1837), in-fol., mar. bleu à grains longs, dos orné, riche encadrement de fil. avec

fleurons dorés, dent. à froid, tr., dor. (*Guérin, relieur du prince de Joinville.*)

Suite complète d'un titre et 12 lithographies.
Épreuves du PREMIER TIRAGE sur GRAND CHINE.
Exemplaire du roi LOUIS-PHILIPPE, avec un envoi autographe de *Raffet*, dans une riche reliure de l'époque aux armes du roi.

443. RAFFET (Aug.). Retraite de Constantine, six sujets par Raffet. — Prise de Constantine, douze sujets par Raffet. *Paris, Gihaut frères, s. d.* (1837-1838), in-fol., demi-rel. dos et coins de chagrin rouge à grains longs, dos orné, tête dor., *non rogné*, couv. (*Pagnant.*)

2 couvertures générales, 2 titres et 18 planches lithographiés.
Épreuves du PREMIER TIRAGE, imprimées sur GRAND CHINE.

444. — Souvenirs d'Italie. Expéditions de Rome. *Paris, Gihaut, impr. Aug. Bry, s. d.* (1850-1859), in-fol., demi-rel. dos et coins de chagrin rouge, dos orné, tête dor., *non rogné*, couv. (*Pagnant.*)

Titre et 36 lithographies, épreuves sur GRAND CHINE.
Premier plat de la couverture conservé.

445. — Suite complète de 29 vignettes gravées sur acier d'après Raffet, pour les Œuvres de Paul de Kock. *Paris, Barba*, 1835-1840, in-4, demi-rel. dos et coins de mar. rouge, tête dor., *non rogné*. (*Dupré.*)

Belles et rares épreuves AVANT LA LETTRE, la plupart sur PAPIER DE CHINE, gravées par *Frilley, Dutillois, Burdet*, etc.
De la bibliothèque de H. GIACOMELLI.

446. — Voitures publiques. *Paris, Gihaut frères et London, Tilt, s. d.* (1828-1829), in-fol., demi-rel. dos et coins de chagrin rouge, dos orné. (*Pagnant.*)

Suite complète de 8 lithographies en largeur : Diligences, Omnibus, Citadine, Dame Blanche, Tricycle, Ecossaise, Citadine, Béarnaises.

447. — Voyage dans la Russie méridionale et la Crimée par la Hongrie, la Valachie, la Moldavie, exécuté en 1837, sous la direction de M. A. de Demidoff. Dessiné d'après nature et lithographié par Raffet. *Paris, Gihaut frères*,

impr. d'Aug. Bry, s. d. (1838-1848), in-fol., pl., demi-rel. dos et coins de mar. rouge, tête dor., ébarbé.

Collection de 100 lithographies en belles épreuves du PREMIER TIRAGE. Une planche est AVANT LA LETTRE, remontée.

448. RÉGAMEY. Album de dessins originaux de Frédéric Regamey. *S. l. n. d.* (*vers* 1868), in-4, cart.

6 portraits à la plume, du prince L. Napoléon, l'empereur du Mexique Maximilien et la princesse Charlotte sa femme, le duc de Morny, le duc de Gramont, Walewski et H. Rochefort et 6 scènes diverses à la plume et au crayon, scènes de guerre et portraits.

Ensemble 12 dessins.

449. RIBOT (Théodule). [Scènes culinaires]. 6 Eaux-Fortes, par T. Ribot. *Paris*, (*vers* 1868), in-4, cart. (*Pagnant.*)

Suite complète de 6 eaux-fortes de *T. Ribot*, plus une septième inédite.

« Ces sujets de marmitons sont les plus caractéristiques de l'œuvre du peintre. Beraldi. »

450. ROPS (Félicien). PARTIE DE L'ŒUVRE DE FÉLICIEN ROPS. *S. l. n. d.*, in-fol., demi-rel. dos et coins de mar. rouge, *non rogné*. (*Carayon.*)

Album contenant 43 eaux-fortes et gravures au vernis mou, de *F. Rops*, choisies parmi les pièces les plus intéressantes de l'œuvre de cet artiste. On y a joint un portrait et 2 dessins dont un à l'aquarelle. Ensemble 46 pièces.

1° La *Buveuse d'absinthe*, AVANT LA LETTRE, sur papier vergé.

2° Les *Adieux d'Auteuil*, AVANT LA LETTRE, sur Japon mince.

3° *Rops gravant*, épreuve signée à la plume.

4° *Paysage au rouleau* et *Paysan assis*, 2 pièces sur la même feuille. Papier du Japon. Initiales de l'artiste.

5° *Le Bassonniste*, AVANT LA LETTRE sur vergé. Initiales de l'artiste.

6° *La Femme au trapèze*, AVANT LA LETTRE, sur Japon. Initiales de l'artiste.

7° *L'Olivierade*, AVANT LA LETTRE, sur vergé.

8° *Oude Kate*, AVANT LA LETTRE, sur Japon.

9° *L'Ariette*, AVANT LA LETTRE, sur vergé.

10° *Jean Brouette*, sur Chine.

11° *La Vieille à l'aiguille*, AVANT LA LETTRE, sur Japon. Initiales de l'artiste.

12° *Sortie de bal*, AVANT LA LETTRE, sur Japon. Signature de l'artiste.

13° *Jean Vandyrendonck*, AVANT LA LETTRE, sur Japon. Signature de l'artiste.

14° *La Grèce*, grande planche, AVANT LA LETTRE sur vergé. Initiales de l'artiste.

15° *Celle qui fait celle qui lit Musset*, sur Japon. Initiales de l'artiste.

16° *Ma Goutte*, sujet du milieu, sur vergé.

17° *Ma Goutte*, encadrement, sur vergé. Initiales de l'artiste.

18° *Œuvres inutiles ou nuisibles*. Frontispice sur Japon.

19° *Le Sphinx*. Vernis mou. Grande planche sur vergé. Initiales de l'artiste.

20° *Modernité*, AVANT LA LETTRE, sur Japon. Initiales de l'artiste.

21° *Le Pendu*, sur Japon.

22° *Satan semant l'ivraie*, sur vergé. Initiales de l'artiste.

23° *La Sirène*, AVANT LA LETTRE, sur vergé. Initiales de l'artiste.

24° *L'Amour au tambourin*, AVANT LA LETTRE, sur vergé. Initiales de l'artiste.

25° *Rimes de joie* de Hannon. Frontispice.

26° *Les Epaves* de Baudelaire. Frontispice, épreuve sur Chine.

27° *Les Exercices de dévotion de M. H. Roch*, frontispice, AVANT LA LETTRE, sur Japon.

28° Le même sujet, épreuve en couleurs, sur Japon.

29° Le même sujet. Grande planche, épreuve tirée sur papier bleuté. Initiales de l'artiste.

30° *Les Amusements des dames de Bruxelles*, frontispice, épreuve sur vergé. Signature de l'artiste.

31° *Les Cousines de la Colonelle*, frontispice, sur Japon.

32° *Le Fer rouge*, frontispice, sur vergé.

33° *La lecture du grimoire*, AVANT LA LETTRE, sur Japon.

34° *Folies-Bergères*, AVANT LA LETTRE, sur vergé. Initiales de l'artiste.

35° *Le Roman d'une nuit*, AVANT LA LETTRE, sur Japon. Initiales de l'artiste.

36° *La Messe de Gnide*, frontispice, AVANT LA LETTRE, sur vergé.

37° *Gaspard de la nuit*, frontispice, épreuve tirée en sanguine.

38° *La Sphère de la lune*, frontispice, AVANT LA LETTRE, sur vergé.

39° *Notes d'un vagabond*, frontispice, AVANT LA LETTRE, sur Japon. Initiales de l'artiste.

40° *Femme et entremetteuse*, AVANT LA LETTRE, sur Japon. Signature de l'artiste.

41° *La Cuisine de l'auberge des Artistes à Anseremme*, AVANT LA LETTRE, sur Japon. Initiales de l'artiste.

42° *Incantation*, grande planche, sur Japon. Initiales de l'artiste.

43° *De l'Impuissance d'aimer*, frontispice, épreuve sur Japon, avec croquis gravés dans les marges.

On a relié en tête de cet album :

44° *Portrait de Rops*, lithographié d'après *Mathey*, épreuve montée sur papier vergé, ayant dans le bas un croquis au crayon de *Rops*, avec cette légende : *Diaboli virtus*.

45° *Espana*, très joli dessin à l'aquarelle de *Rops*, signé des initiales et daté : 72.

46° *Passé Minuit*, dessin au crayon, signé et daté : 82.

451. SCHEFFER (G.). CE QU'ON DIT ET CE QU'ON PENSE. Petites Scènes du Monde par Scheffer Gabriel. *Paris, Gihaut frères, s. d.* (1829), in-4 obl., demi-rel. dos et coins de chagrin rouge à grains longs, dos orné, tr. dor., couv. (*Pagnant.*)

Suite complète de 60 lithographies. Epreuves coloriées. Premier plat de la couverture avec vignette du même artiste, conservé.

452. — Le Diable boiteux à Paris (*Tableaux de Paris*), par Gabriel Scheffer. *Paris, Ostervald*, (*lith. de Fonrouge*), 1830, in-4 obl., cart., couv. (*Pagnant.*)

Suite complète de 6 lithographies, épreuves coloriées. Premier plat de la couverture avec vignette, conservé.

453. — Expressions des plus exquis Sentimens de nos Grisettes, recueillies et dessinées d'après nature par Scheffer. *Paris, Chaillou-Potrelle, s. d.* (*vers* 1830), in-4, cart., *non rogné*, couv.

Suite complète de 12 lithographies. Epreuves coloriées. Premier plat de la couverture conservé.

454. — [Les Grisettes par G. F. Scheffer]. *Paris, lith. de Villain, s. d.* (*vers* 1830), in-4, cart.

Suite complète de 36 lithographies. Épreuves coloriées.

455. — Petits Travers. *Paris, Chaillou-Potrelle*, (*lith. de Langlumé*), *s. d.* (*vers* 1830), in-4, cart., *non rogné.*

Suite complète de 12 lithographies. Epreuves coloriées.

456. SILHOUETTE (la). Journal des Caricatures, Beaux-Arts, Dessins, Mœurs, Théâtres, etc. *Paris*, 1830, 4 part. en 2 vol. in-4, pl., demi-rel. chagrin rouge, tr. jaunes. (*Rel. du temps.*)

Ce journal satirique, fondé par E. de Girardin, H. de Balzac et de Varaigne, vécut du 23 juin 1829 au 2 janvier 1831. C'est le premier journal orné de caricatures, publié en France.

Il se compose de 52 livraisons et est orné de 105 planches lithographiées en noir ou coloriées, par *Daumier, Pigal, Delarue, Devéria*, etc.

Le présent exemplaire est absolument complet. Très rare.

457. THOMAS. Le Rêve, ou les effets du Romantisme sur un jeune surnuméraire a l'Arriéré. Poëme en six chants (avec quelques inversions de rigueur) sorti de la plume d'un anonyme bien connu. Orné de croquis composés et lithographiés par Thomas. *Paris, Delpech, Janvier,* 1829, in-4, cart., *non rogné*, couv. (*Carayon.*)

Suite complète de 6 lithographies et de 6 ff. de texte explicatif. Premier plat de la couverture conservé.

458. TOUR (A) Trough Paris, illustrated with seventeen colored plates, accompanied with descriptive letter-press. *London, W. Sams, s. d.* (1820), in-4, pl., demi-rel. dos et coins de mar. grenat, tr. dor. (*Rel. du temps.*)

Orné de 17 planches coloriées très curieuses pour les mœurs, usages et costumes parisiens de cette époque.

459. TRAVIÈS. HISTOIRE COMPLETTE DE Mr MAYEUX, dessinée par divers Artistes, et coloriée avec soin. *Paris, chez l'Editeur et Hautecœur-Martinet,* (*lith. de Ratier et Delannois,*), *s. d.* (*vers* 1835), in-4, demi-rel. du temps.

Suite de 65 lithographies coloriées (numérotées 1 à 65), la plupart par *J. C. Traviès.* Couverture illustrée conservée.

460. — Facéties de M. Mayeux et Caricatures diverses sur le même personnage. *Paris, Aubert, s. d.* (*vers* 1835), in-4, demi-rel. chagrin violet, dos orné. (*Rel. de l'époque.*)

Suite de 51 lithographies par *Traviès, Robillard* et *Numa.* Epreuves coloriées.

461. VEYRASSAT. Eaux-Fortes par J. Veyrassat. *S. l. n. d.* (*Paris, Cadart, vers* 1875), in-4, cart., *non rogné.*

Suite complète de 14 eaux-fortes.

On y joint 6 eaux-fortes originales du même artiste : *L'Abreuvoir, Chevaux en liberté dans les champs, Voiture attelée à la grille d'un parc, Retour du marché, l'Ane battu, le Champ de Bataille.*

Ensemble 20 planches.

462. WATTIER. Un An de la Vie d'une Jeune Fille. Roman historique en XVII chapitres, écrits par son confident et lithographiés par M. Wattier. *Paris, Sazerac et Duval,*

(*lith. de Villain et Engelmann*), 1824, in-4, cart., *non rogné*, couv.

Suite complète d'un titre et de 17 lithographies. Épreuves coloriées.

463. WATTIER. L'Échelle Conjugale, 1re Partie. Les Illusions. — IIe Partie. Les Réalités. *Paris, Sazerac et Duval* (*lith. de Engelmann*), 1824, in-4, cart., *non rogné*.

Suite complète comprenant 2 titres et 16 lithographies. Épreuves coloriées.

464. — La Journée d'une Actrice, ou douze scènes de jour et de nuit, lithographiées par Ed. Wattier. *Paris, Sazerac et Duval*, 1826, in-4, cart., *non rogné*, couv. (*Carayon.*)

Suite complète de 12 lithographies. Épreuves coloriées.
Relié avec la couverture, 3 ff. de texte et un f. de Post-Face.

TABLE DES DIVISIONS.

www.ingramcontent.com/pod-product-compliance
Ingram Content Group UK Ltd.
Pitfield, Milton Keynes, MK11 3LW, UK
UKHW021308190726
13839UKWH00007B/528